재조일본인 여급소설

이 저서는 2007년 정부(교육과학기술부)의 재원으로 한국연구재단의 지원을 받아 수행된 연구임(NRF-2007-362-A00019).

재조일본인
여급소설

김효순 · 강원주 편역

역락

머리말

　1910년 조선이 식민화된 이래 수도 경성은 1925년 조선신궁 건축, 1926년 조선총독부 이전 등으로 식민 도시의 외형을 갖추었고, 1920년대 중반 이후부터는 본격적으로 근대 도시, 소비 도시로서의 면모를 갖추어 갔다. 이 시기 경성은 우체국, 전화국, 병원, 학교 등 근대적 제도를 확립하였고, 백화점, 카페, 영화관, 관광회사 등 소비산업이 활성화되었으며 그에 따라 인력을 보급하기 위해 식민종주국인 일본에서 다양한 부류의 여성들이 도한했다. 이전까지는 가정주부나 조추(女中. 가정, 여관, 요정 등에서 살면서 일하는 여성), 요리집, 기정(旗亭) 등의 예기 등 한정된 분야의 여성들만 도한하였으나, 1920년대 말에서 1930년대는 전화교환수, 간호사, 의사, 교사 등 전문직 여성들, 백화점의 점원, 카페의 여급, 영화배우, 가이드 걸 등 각종 소비산업에 종사하는 여성들이 대거 도한하여 활동했다.

　당시 경성은 '반도의 수도 경성은 소비문화의 도시이지 생산도시는 아니다.'(「美人群像 職業婦人の明暗色」 1933.4 : 91)라는 표현처럼, 에로 그로 난센스로 표상되는 퇴폐적이고 소비적인 국제도시로서 멜팅팟이 되어 가고 있었다. 서구 자본주의와 근대제도가 실현되었던 도쿄의 긴자(銀座), 요코하마(橫浜), 오사카(大阪) 등의 근대적, 소비적 문화의 행태는 경성에 그대로 이식되었고, 그것은 그 제도와 문화를 지탱하는 자본의 이동에 따라 대규모 인적 이동을 유발시키며 경성을 사는 많은 사람들의 삶에 큰 변화를 초래했다. 그리하여 에로티시즘(eroticism)과 그로테스크(grotesque)를 합쳐 놓은 일본식 영어 표현 '에로그로'는 일제 강점기 경성이라는 도시 공간을 관통하는 중요한 키워드의 하나가 되었다.

이와 같은 경성의 소비도시로서의 면모는 일본인 상업의 중심지 혼마치(本町)를 중심으로 1920년대 후반부터 번성하기 시작하여 1930년대 초 전성기를 구가한 카페문화의 성행에 단적으로 드러난다. 카페문화는 여급의 신체성을 상품화하는 에로산업의 중심을 이루었고, 그러한 퇴폐향락적 사회 풍속은 당시 대중을 사로잡았다. 경성이 고속도로 근대도시, 국제도시, 소비도시로서의 용모를 갖추어 가고 그 안에서 에로 그로 난센스가 판을 쳤으며, 그러한 근대문화의 총아가 카페이고 경성에서 인구의 비율과 경제규모로 보았을 때 비정상적으로 화류계가 번성하였으며 그 중심에 카페가 있었던 것이다. 그리하여 1932년이 되면 '카페에 한번이라도 가보지 않은 남성은 없을 정도'(채숙향·이선윤·신주혜, 2012. 3 :

165)로, 카페는 경성인의 일상 속에 자리를 잡는다.

그와 같은 카페문화가 한국에서 본격적으로 등장하기 시작한 것은 3·1운동 이후의 일이며, 식민지 시기 경성의 근대문화, 소비문화는 일본인 거류지인 남촌(혼마치)을 중심으로 형성되었다. 그리고 그것이 조선인들의 상업구역이었던 북촌(종로)으로 침식한 것은 시간차를 두고 이루어졌다. 이러한 과정에서 일본에서 질적 변용을 거친 카페문화는 식민지조선에서 일본어로 간행된 미디어를 통해 재조일본인 사회에 경쟁적으로 소개되었고, 그들은 본국 일본의 카페문화를 모방하기에 급급했다. 즉 식민지 조선에서의 카페문화는 일본에서 직수입된 것이 아니라 서구-일본-재조일본인사회-조선사회라는 경로를 통해 이식된 것이라 할 수 있다. 여급이 에로서비스를 제공하는 카페문화는 식민지 본국의 오사카, 긴자에서 경성의 일본인 거류지인 혼마치로, 다시 혼마치에서 종로로라는 이식, 변용 과정을 거친 것이다.

이와 같은 근대적 소비문화의 중심으로서 카페의 성행은 일본과 식민지 조선 양국에 카페를 배경으로 하거나 여급을 주요 등장인물로 하는 여급문학의 유행을 초래했다. 즉 일본에서는 히로쓰 가즈오(廣津和郎, 1891-1968)의 「여급(女給)」(『婦人公論』 1930), 나가이 가후(永井荷風, 1879-1959)의 「장마전후(つゆのあとさき)」(『中央公

論』1931), 마쓰자카 덴민(松崎天民, 1878-1934)의 「긴자(銀座)」(『銀座』
銀ぶらガイド社, 1927), 안도 고세이(安藤更正, 1900-1970)의 「긴자
세견(銀座細見)」(春陽堂, 1931) 등 여급을 주인공으로 하는 여급소설
이 유행했고, 조선에서는 이상(1910-1937)의 「지주회시(蜘蛛會豕)」(『中
央』 1936), 「날개」(『朝光』 1936), 「환시기(幻視記)」(『청색지』 1936), 박
태원(1909-1986)의 「애욕」(『朝鮮日報』 1934), 「길은 어둡고」(『開闢』
1935), 『천변풍경』(1936-1937), 「성탄제」(『女性』 1937), 이효석(1907-
1942)의 「계절」(1935), 「엉경퀴의 장」(『國民文學』 1941), 채만식
(1902-1950)의 「인형의 집을 나와서」(1933), 김유정의 「따라지」(『朝
光』 1937), 유진오의 「나비」(1940) 등 1930년대 중반 한국문학의
주축을 담당했던 한국의 모더니즘 문학의 주요 등장인물로 카페
의 여급이 등장하고 있다.

그러나 식민지 조선에서의 카페문화가 일본에서 직수입된 것이
아니라 재조일본인 거류지를 거쳐 조선사회에 유입된 것처럼, 여
급소설의 유행 또한 시기적으로 일본문단-재조일본인 문단-조
선문단이라는 시간차를 두고 이루어졌다고 할 수 있다. 식민지 조
선의 여급들은 1930년대 경성 문화의 아이콘으로 재조일본인 대
상 신문이나 잡지 기자, 작가들의 주목의 대상이 되었고, 르포기
사, 콩트, 소설 등의 기사의 주역으로 등장한다. 재조일본인 잡지

에서 여급소설의 첫 등장은 매우 이른 시기여서, 『조선 및 만주』의 1923년 11월 시노자키 조지(篠崎潮二)의 가두 애화 「통탄의 문신 여급 김짱의 기구한 운명」(『조선 및 만주』 1923.11.10.)부터이다. 이후 1920년대 후반에 본격적으로 여급소설이 나오고 1933-34년에 가장 성행하다가 36년에 이르러 급감한다. 이 시기에는 소설만이 아니라 에로를 내세우는 카페와 여급에 관한 르포나 기사가 봇물을 이루듯 쏟아져 나왔다. (상세목록은 김효순 「1930년대 일본어잡지의 재조일본인 여성 표상-『조선과 만주』의 여급소설을 중심으로」, 『동아시아일본문화연구』 제45집, 2013.2 참조)

　카페 붐에 관한 방대한 기사와 실화형식을 취한 이들 여급소설들은 당시의 이런 카페문화가 소비사회의 중심에 자리 잡고 있었음을 드러낸다. 또한 이들 소설에서는 가부장적 가족제도나 이데올로기에 의해 경제적으로 희생되거나 그것이 강요하는 결혼제도에 반발하여 자유연애를 추구하며, 경성은 물론 하얼빈, 만주, 상하이 등 대륙으로 떠돌던 일본 여성들의 삶의 실상이 적나라하게 드러나고 있다. 그리고 그녀들을 표상하는 방법은 표상 주체에 따라 많은 차이를 드러내고 있어, 지배-피지배라는 민족의 문제만이 아니라 남성-여성, 외지여성-내지여성, 일반여성-매춘여성 등 다양한 층위에서 복잡한 양상을 내포하고 있다.

본서는 이상과 같은 의미에서 1920년대 말에서 1930년대 전반기 『조선 및 만주』, 『조선공론』에 발표된 여급소설들 12편을 선별하여 번역한 것이다. 이들 소설들은 카페문화가 일본-재조일본인-조선사회로 유입하는 과정, 국제적 소비도시로서의 경성의 면모와 근대문화의 총아로서의 카페문화, 그리고 그 문화를 저변에서 지탱하며 한반도는 물론 만주, 다롄, 상하이 등 대륙을 떠돌던 여성들의 삶의 실상을 엿볼 수 있는 좋은 자료가 될 것이라 기대한다.

2015년 6월

김 효 순

차 례

머리말 5

통탄의 문신 여급 김짱의 기구한 운명

−18년 만에 만난 어머니의 고백, 그녀는 조선인이 아니었다, 학대받은 한 송이 야마토나데시코(大和撫子)[1]−

●

시노자키 조지(篠崎潮二)

---

1) 패랭이꽃이란 뜻으로 일본여성의 청초한 아름다움을 상징한다.

카페 은송정(銀松亭)에 김짱이라는 조선 소녀가 있었다. 갸름하고 복스런 얼굴을 한 아름다운 소녀로, 모두에게 귀염을 받았다.

"김짱이 아주 어두워졌어."라고 친구들이 이야기하기 시작한 것은 김짱이 은송정에 온 지 얼마 안 된 무렵으로, 그 화려하고 빛나는 얼굴은 갑자기 지는 해처럼 늘 슬프고 어두워 보였다.

야에(八重)짱, 도시(敏)짱, 오카쓰(お勝)짱과 같은 친구들은 몹시 걱정스러웠다. 그리고 모두 돌아가며 김짱을 조용한 곳으로 불러 슬픈 이유가 무엇인지 묻고 또 친절하게 위로해 주었다.

김짱은 일본어를 전혀 몰랐다. 은송정에 오고 나서 '곤니치와(안녕하세요)', '마이도 아리가토(매번 감사합니다)', 그리고 요리이름을 떠듬떠듬 사용하는 정도였다.

여러 사람들이 친절히 대해 주면 대해 줄수록 그녀의 표정은 슬퍼졌다. 가만히 눈물을 삼키며 어떻게든 참아보려 하다가도 어느새 소리를 내며 울고 마는 것이었다.

"난 날 때부터 저주를 받았어."라고 스스로 위로하며 굳이 무슨 일이든 체념을 하려 들었다.

김짱의 왼쪽 팔에는 선명한 조선글씨로 문신이 새겨져 있었다. 그중 몇 글자는 그녀의 남편인 자동차운전수 김종만(金鐘萬, 가명)의 어렸을 적 이름이었다.

"나는 너를 사랑해. 영원히 너를 소유하기 위해, 다른 사람에게 빼앗기지 않기 위해"라고, 그녀가 열다섯 살이 되었을 때 그녀의 눈처럼 흰 피부에 김종만은 자신의 이름을 문신으로 새겨 넣은 것이었다.

*   *   *

경성부 K초(町)에 고마쓰바라 아키코(小松原晶子)라는 젊은 미망인이 있다. 그녀는 조선에서 20년간 생활하며 온갖 고초를 다 겪고 지금은 어엿한 자산가가 되어 자동차 영업을 하고 있다. 남편 겐지로(兼次郎)는 작년 봄, 가벼운 감기가 원인이 되어 허망하게도 세상을 떴지만 씩씩한 아키코는 죽은 남편의 유업을 물려받아 정성을 다해 매진하고 있었다.

올봄의 일이었다. 아키코는 평양에서 젊은 조선인 운전수를 고용했다. 그가 김종만이었는데, 어느 날 아키코는 김종만에게 아내가 있다는 사실을 알고, "종만 씨 부인이 있다면, 집으로 데리고 오세요. 그리고 살림을 도와 주세요."라고 지나가는 말로 이야기했다. 김종만은 그녀의 말을 듣고 바로 받아들여 다음날 아내 김짱을 데리고 왔다.

아키코는 아름다운 조선 소녀를 한 번 보고는 "아, 참 예쁘게 생겼군요."라며 그 아름다운 모습에 깜짝 놀랐다. 그리고 아무 대가없이 친절하게 돌보았는데, 시간이 지남에 따라 아키코의 가슴에는 무거운 고민거리가 생겼다.

'설마 그렇지는 않겠지'라고 생각하며 매일매일 깊은 고민에 빠졌다. 어느 날 아키코는 김짱을 아무도 없는 조용한 곳에 불러 태어난 곳과 자란 곳을 물어 보았다.

김짱은 친절한 아주머니라고 믿고 있었기 때문에 아키코가 물어보는 대로 아무 의심 없이 있는 그대로 모두 대답했다.

그러자 아키코는 눈에서 눈물을 뚝뚝 떨어뜨리며 방바닥에 엎드려 소리를 내어 울었다.

*   *   *

고마쓰바라 아키코는, 김짱의 입으로 그녀의 나고 자란 곳을 듣고 나서는 완전히 다른 사람이 된 것처럼 그녀를 사랑하기 시작했다. 그리고 그녀의 얼굴을 보며 울기만 했다.

"아주머니 왜 제 얼굴을 보고 우세요?"라며 김짱은 매우 이상해했다. 한 달 정도 지났을 때, 아키코에게 그 까닭을 물었다. 아키코는 천진난만한 김짱의 질문을 받고는 미칠 듯이 울었다. 마침내울다 지쳐 아키코는 김짱을 끌어안으며 말했다.

"용서해 다오. 너는 내 딸이야. 너는 조선인이 아니야."

"그럴 리 없어요"

김짱은 친절한 고마쓰바라 아키코의 말이지만 그 사실만은 부정했다. 하지만 아키코의 고백을 듣고 김짱은 놀라서 소리를 지르고 말았다.

*   *   *

고마쓰바라 겐지로와 아키코는 18년 전 평양을 떠돌던 무렵, 딸아이를 하나 낳았다. 하지만 가난의 수렁에서 허덕이던 그들은 그아이를 키울 수가 없었다.

두 사람은 사는 곳도 일정치 않고 하루하루 입에 풀칠하기도 힘들 정도여서, 결국 갓 태어난 어린아이를 평양산 기슭에 사는 김하산(金夏山)이라는 조선인에게 맡겨 양육을 부탁하기로 결심했다. 김하산은 매우 온후한 사람으로 영락한 일본인 나그네의 부탁을 받고는 동정의 눈물을 흘리며 그 부탁을 받아들였다.

그리고 세월은 유수같이 흘렀다. 가난의 수렁에 빠져 있던 고마쓰바라 부부는 부평초처럼 조선 각지를 떠돌았지만, 1912년 여름 무렵에는 경성에서 가게 점포 하나를 열 정도가 되었고 재력도 꽤 되었다. 하지만 두 사람에게는 옛날 평양에서 낳은 그 어린아이가 끊임없이 떠올랐다. 겐지로는 그 후 자주 평양에 가서 김하산을 찾았지만, 평양은 오랜 세월 동안 눈에 띠게 변화해지고, 예전 김하산이 살던 집은 신설도로로 인해 철거되어 그 행방을 알 수가 없었다.

고마쓰바라 부부는 손이 닿는 대로 김하산의 행방을 찾았지만, 그저 헛수고일 뿐으로 아무런 소식도 듣지 못하고 마침내 수사를 단념해야만 했다.

"가여운 것, 지금쯤 어디에 있을까?" 하며 아이에 대한 걱정이 끊이지 않았지만 어찌 할 수가 없었다.

        *   *   *

조선인 김하산의 손에 의해 거두어진 아기는 아무 탈 없이 성
장했다.

그녀가 총각에게 첫사랑을 느낄 무렵 일가는 평양에서 수십 리
떨어진 마을로 이사를 했다.

김하산의 집은 양반이고 재산도 상당히 있었지만, 오랜 세월 동
안 놀고먹어 이미 그 무렵에는 가세가 기울었다. 그의 집에는 두
아들과 김짱 세 아이가 있었다. 김종만은 그 장남으로 김짱이 열
다섯이 되었을 때 결혼을 했다.

"정말로 행복했어요. 조용한 시골 들판에서 우리들은 아무 고생
을 몰랐습니다. 봄에는 나물을 하고 가을에는 들판에서 놀고, 지
금 생각해 봐도 북녘의 산이 그립습니다."

그와 같은 김짱의 술회는 얼마나 귀한 것인지… 낳아 준 친 부
모의 냉혹함과는 정반대로, 김짱은 사람들의 친절과 평온한 들판
의 은혜를 받은 자연의 총아였다.

"집안에는 커다란 회화나무가 있고 그 가지에는 까치집이 있었
어요. 해마다 봄이 되면 어린 까치 새끼들이 태어나고 자라서 어
른 새가 되었다. 작은 구릉 저편에는 시냇물이 흘렀고 수많은 어

린 게가 놀고 있었지요. 여름이 되면 시냇가에 소를 끌고 가서 몸을 씻어 준 적도 있었어요."

김짱은 그런 요람시절의 추억에 잠기고 그 눈동자에는 눈물이 고였다.

    *   *   *

"당신은 제, 제 어머니."

김짱은 동그란 눈이 휘둥그레져서 고마쓰바라 아키코의 얼굴을 주시하다가 그 면모와 자신의 면모가 똑같음을 알아챘다. 그리고 '정말 어머니구나'라고 가슴속에서 확인을 하자 주체할 수 없는 눈물에 목이 메었다.

"용서해 주렴."

아키코는 외쳤다.

"왜 저를 일본인으로 키워 주지 않으셨어요?" 김짱은 중얼거렸다.

김종만은 김짱과 아키코 두 사람의 기구한 운명에 대해 듣고는 깜짝 놀랐다. 하지만 그의 마음속에는 강한 질투심이 솟아올랐다.

약탈, 무엇보다 먼저 이 말이 머릿속에 떠오른 김종만은 김짱의 주위를 강하게 경계하기 시작했다.

"제발 이 아이를 돌려주세요. 일본에 데리고 가서 훌륭하게 키워서 당신에게 꼭 돌려 드릴 테니까요. 부모로서 의무를 다하고 싶어요. 이 아이를 많은 친척들에게도 만나게 해 주고 싶어요."

아키코는 김종만에게 애원했다. 하지만 김종만은 차갑게 웃으며, 아키코의 바람을 물리쳤다.

그는 김짱의 몸을 끌어당기더니, 그녀의 왼쪽 팔을 붙잡고는 그 하얀 피부에 새겨져 있는 물색 문신을 보여 주었다.

"이 여자는 영원히 제 소유입니다. 아무도 이 여자를 지배할 수 없습니다."

김종만은 질투심에 눈이 멀었다.

      *   *   *

김짱이 은송정에 여급으로 고용된 것은 그리고 나서 얼마 안 있어서였다.

일본어를 배우게 하고 싶다는 이유로 김종만이 여급을 시킨 것이었는데, 사실은 고마쓰바라 아키코의 곁에서 멀어지게 하려는 수작이었다.

> 항구 마을에
> 온 지 몇 년이런가
> 빨랫줄의 제비
> 나도 철새구나

많은 여급들은 제각각 자기 생각대로 노래를 불렀다. 하지만 김 짱에게는 노래가 없었다.

야에짱에게 「제비」라는 노래를 배우려고 했지만 아무래도 음정이 제대로 되지 않았다. 목에서 멜로디가 되지 않았다.

하루(春)짱이라는 조선인 여급은 김짱에게 일본어를 가르치러 왔다. 하지만 시골출신의 수줍음 많은 그녀에게 일본어는 쉽게 익혀지지 않았다.

'커틀릿, 비프 스테이크' 등을 주문할 때는 아무 것도 몰랐다. 손님 중에는 그녀의 묘한 악센트를 조소하는 사람들도 있었다. 그녀는 같은 또래의 소녀들과 섞여 있어도 항상 외로워 보였다.

그리고 자신이 일본인이었다는 사실을 떠올리고는 어두운 운명을 저주했다.

        *   *   *

은송정 창문으로 바라보고 있자니, 황금정 네거리에 아침저녁으로 수많은 젊은 여자들이 통행을 하고 있다.

긴 소매를 가을바람에 날리며 가르마를 탄 소녀!! 기품 있는 양복을 입은 소프트한 여학생의 모습, 높이 틀어 올린 둥근 머리를 한 유부녀!! 빛나는 태양에 선명한 자주색 치마를 입은 여사무원!!,

멈춰 서서 바라보는 김짱의 눈에는 동경의 눈물이 글썽이고 있다.

"나도 일본인이야. 어머니가 정말로 고생을 해서라도 키워 주었더라면, 나도 역시 저렇게 일본의 딸이 되었을 텐데."

눈물을 흘리다 날이 저물면, 그녀는 조용히 죽음을 생각하는 적도 있었다. 얼마 안 있어 그녀의 기구한 운명이 친구들에게 차츰차츰 알려졌다. 모두 딱한 사람이라고 생각하여 마음을 모아 그녀를 위로했다.

"나, 일본 옷이 입고 싶어."

그것은 어느 더운 여름날이었다. 김짱이 자신을 가장 잘 보살펴 주는 오카쓰에게 그런 말을 했을 때, 오카쓰는 동정을 했다. 그리고 불행한 동족의 딸의 비참함에 울며 바로 아름다운 모스 유젠(友禪)[2]으로 지은 홑옷을 그녀에게 만들어 주었다. 오비(帶)[3]도 마련해 주었다. 그리고 모두 그녀에게 입혔다.

키가 훤칠한 김짱은 앞에서 봐도 뒤에서 봐도 훌륭한 일본의 딸이었다.

그녀는 긴 소매를 펄럭이며 크게 기뻐했다.

"잘 어울려, 참 예쁘다."

---

2) 모스는 모슬린이고, 유젠(友禪)은 화려한 채색으로 인물·꽃·새·산수 따위 무늬를 선명하게 염색하는 일.
3) 일본의 전통 복장의 허리띠.

친구들은 입을 모아 칭찬을 했지만, 김짱과 오카쓰의 눈에는 아련한 슬픔이 배어나왔다.

                    *   *   *

고마쓰바라 아키코가 김짱을 바라면 바랄수록 김종만의 질투심은 더해만 갔다.

그는 온갖 수단을 강구하여 어머니와의 접촉을 저지했다. 또한 그녀가 일본인으로 다시 태어나는 모습을 보며 그녀를 잃을지도 모른다는 공포를 느꼈다.

여름이 끝나가던 무렵이었다.

김종만은 은송정에 와서는 김짱을 데리고 가 버렸다. 김짱은 그 길로 은송정에 돌아올 수 없게 되었다.

오카쓰상, 야에짱, 도시짱 등 마음씨 고운 친구들은 김짱이 돌아올 날을 기다리고 있었지만 헛되이 가을이 되어갔고 그 아름답게 빛나던 김짱의 미모는 다시 볼 수 없었다.

조선인 거리의 식당에 있다는 풍문은 있었지만 그것도 확실하지 않았다.

김짱의 왼팔에 있는 조선문자 문신이 지워질 날은 언제일까? 그녀는 조선의 황폐한 땅에 내동댕이쳐져서 고초를 겪으며 자란 한 송이 야마토나데시코이다.

　태어나면서부터 저주받은 그녀는 길고 긴 한평생 동안 어두운 그늘 속에 있었다.

　그녀는 일본의 딸을 동경하고, 일본의 국토를 그리워했다. 마음은 가련하여 그녀가 초조해 하면 할수록 그 몸과 마음에는 더 심한 박해가 가해졌다.

　이브가 은혜로운 사과 한 알에 생존의 고통을 알게 된 것과 마찬가지로, 김짱은 일본인 부모를 알고 나서부터 그 인생은 비참해져 갔다! 여러분, 부디 김짱을 만나게 되면 진심으로 그녀를 사랑해 주시길. 그리고 그녀의 삶에 지워진 고통의 짐을 조금이나마 덜어 주시길. 김짱이 어머니 고마쓰바라 아키코의 품으로 돌아가야 하는 것인지, 아니면 김종만의 곁으로 돌아가서 늙어가야 하는 것인지 나는 모른다! 다만 그녀가 행복해지기만을 빌 뿐이다.

* 『朝鮮及滿州』, 1923.11.10

‖ 유랑자의 수기 ‖

고통의 십자가를 진
만주의 여자

시노자키 조지(篠崎潮二)

대련

안봉선(安奉線) 기차 창가에서, 벼랑 끝에서 쓸쓸히 흔들리는 가을녘 무수한 풀들을 바라보니 내 마음속에는 무어라 표현할 길 없는 외로움이 솟았다.

보헤미안은 예민한 신경을 가지고 있는 법이다. 도회인이나 고정주민 같은 둔한 신경을 가지고 있지 않다. 뾰족하게 갈고 간 연필의 날카로운 심처럼 예민한 신경으로 보고 듣는 대로 감각적으로 떨리는 희로애락을 기록해 간다.

보헤미안은 특종부족이다. 문화주택을 보고 군침을 흘리기도 하고 라디오 안테나를 보고 한가로운 사람들을 동정하기도 하는 인종들이다. 그리고 자신은 나뭇잎이 지는 일에도 신경을 곤두세우며 몸서리를 친다―그렇게 안봉선 기차에서 내다본 연보라색 도라지꽃은 바로 내 눈물에 비쳐졌다.

"이제 가을이군…"

산은 높고 들판은 그저 넓구나
터벅터벅 외로이 혼자 가는 나그네길 멀기도 하다

내 마음은 저절로 센티멘탈하게 떨려 왔다. 이 노래는 도쿄(東京), 오사카(大阪), 경성 도처의 카페 에이프론의 여자들이 아무렇게나 치는 오르간 반주에 맞춰 불려졌다.

그 무렵에는 싫어하는 노래를 부르고 있자면 그 경박스러운 노랫가락이 매우 증오스러웠지만, 뜻하지 않게 흔들리는 차창에서 가을풀들과 함께 떠올리니 견딜 수 없이 애잔한 느낌이다.

마를 새도 없이 눈물 떨어지누나
그리운 고향의 하늘

그렇다. 나는 일본이라는 나라에 절망하여 여행을 하고 있다. 내일…… 계획의 모든 것이 파멸로 치달았을 때 나는 한시라도 그곳에 있는 것은 낭비라고 생각했다. 그리고 조금이라도 자유로운 생활로 돌아가서 힘을 키우고 싶었다. 그리고 다시 거친 바람처럼 도쿄를 찾아가 제2의 일을 하기 위해 생각에 생각을 거듭한 끝에 다다른 것이 바로 이 유랑의 여행이었다.

얼마나 슬픈 노래인가! 현재의 내 자신을 읊은 노래다. 기차는 연산관(連山關)을 지나고 있다.

"이제 평원이 가까워지는구나."

나는 평원을 동경하며 창가에서 감시병 같은 모습을 하고 있었다. 안봉현에서 안동선의 단조로운 풍경을 달래기 위해 산 큐라소[4] 병을 다 마셔 버렸다.

"진상둔(陳相屯)."

나는 벌떡 일어났다.

보라, 보라! 구릉은 낮고 부드럽게 왼편으로 전개되고 있었다. 그것은 배가 코스를 바꾸는 것 같았다. 그러자 하얀 뭉게구름이 흘러가는, 녹색 평원의 수수밭이 감청색 천애(天涯)와 대지를 조구(鳥口)[5]로 그린 듯한 선과 만나고 있고, 초가을 장대하고 광활한 벌판이 훤히 펼쳐져 있었다.

내 눈에서는 눈물이 솟았다.

나는 이 평원을 얼마나 동경했던가? 혼잡스런 도톤보리(道頓堀)[6]에 있어도, 아사쿠사(淺草)[7]에서 활동사진 간판을 보고 있던 뇌리

---

4) 프랑스어 curaçao. 리큐르의 한 가지로 오렌지 껍질로 조미한 달콤한 양주.
5) 서류집게 등의 뾰족한 끝부분. 새 부리와 비슷해서 조구라 한다.
6) 일본 혼슈(本州) 서부 오사카(大阪)에 있는 번화가.

에도, 조시(銚子)8)에서 이타코(潮來)9)로 도네강(利根川)을 거슬러 올라간 여행에서도, 노다무라(野田村)10)에서 해방신문을 편집하고 있었을 때에도, 정인 다마가와 긴코(玉川銀子)와 즐겁고 평온한 신슈(信州)11)에 있었을 때에도… 내 상념을 빼앗은 독수리는 이 평원이었다.

나는 좌석에서 일어섰다.

비틀거리며 갑판으로 나가자, 기름연기투성이가 된 클럽핸들을 잡고 평원을 마음껏 바라다보았다. 바람은 소용돌이를 쳐서 긴 머리칼을 날리며 서 있는 내 신체도 날려 버릴 것 같았다.

　　　＊　　　　　　　　＊　　　　　　　　＊

기차가 운하의 철교를 지나가자 봉천이 눈앞에 나타났다.

남만제당(南滿製糖)의 굴뚝도 보였다.

높은 수도 탱크, 그것들도 6년 전 제1차 유랑 때 모두 보아서

---

7) 일본 도쿄(東京) 다이토구(台東區)의 한 지역으로 센소지(淺草寺)를 중심으로 한 관광지.
8) 일본 지바현(千葉縣) 북동부의 도시. 도네강(利根川)이 시의 북쪽에서부터 태평양으로 흐른다.
9) 일본 이바라키현(茨城縣) 남동부의 도시. 가스미가우라호(霞ヶ浦湖, 도네강이 있는 물의 도시.
10) 이와테현(岩手縣) 구노헤군(九戸郡)에 속한 태평양에 면한 마을.
11) 시나노(信濃)의 별칭이자 현재의 나가노현(長野縣).

익숙해진 옛친구들 같았다.

기차가 멈췄다.

평원에서…… 굴뚝…… 정신없이 바라다보던 나는 반대편 차창에 고개를 내밀고는 정차장 플랫폼을 바라보았다.

바로 창 밑으로 파라솔을 든 여자가 달려 왔다.

아름다운 목소리가 자꾸만 내 이름을 불렀다.

"아아, 좋은 목소리야. 또렷한 목소리지. 수정구슬이 굴러가는 듯한 맑은 목소리야."

나는 일부러 창문 아래로 몸을 숙였다.

"이 봐!"

나는 갑자기 고개를 내밀었다.

"어머나! 뭐 하시는 거예요? 여전히 돈키호테시네요."

정향(靜香)이 잠깐 흘겨보다가 곧 웃기 시작했다.

나는 이 여자를 만나는 게 좀 껄끄러웠다.

예전의 못된 짓을 생각하면, 아무리 뻔뻔스러운 나도 어쩐지 찜찜하다.

"정말 오랜만이군요. 하지만 당신도 참 못된 사람이에요 인정머리가 없어요."

정향의 눈에는 눈물이 고였다.

나는 할 말을 잃었다.

떨떠름한 표정으로 여자의 눈물을 물끄러미 바라볼 뿐이었지만, 넓은 내 어깨에는 밉살스러운 오만함이 있었다.

"저, 아무렇지도 않아요. 하지만…"

여자의 눈물은 폭포수처럼 떨어졌다. 나는 당황스러웠다. 그녀의 볼을 타고 흘러내리는 눈물에 비치는 여름해를 바라보고 있을 수만은 없었다.

"미안해… 정말로 이러면 안 된다고 생각했어. 정말 안 되지. 난 왜 이렇게 칠칠치 못 할까? 나도 내 자신이 원망스러워."

나는 말을 얼버무리며 웅얼거리는 말투로 자꾸만 사과를 했다.

여자는, "네… 네…" 하며 끄덕였다.

"당신 빨리 안 내리세요?…… 모두 내렸어요."

정향이 갑자기 말했다. 깜짝 놀라서 주위를 살펴보니, 승객은 다 내리고 차안에는 아무도 없었다. 플랫폼에 서 있는 것은 나와 정향, 그리고 대여섯 명의 역무원뿐이었다. 나는 여자를 만났다. 그리고 놀라움과 낭패감 때문에 내리는 것을 잊어버리고 있었던 것이다.

나는 내리려고 했다. 그리고 의자 위에 베개 대신 올려 두었던 슈트케이스를 찾았으나 보이지 않았다. 다만 창작이나 희곡 원고가 다섯 관이나 들어 있는 천일초(千日草)[12](조선특유의 풀)로 만든 커다란 둥구미가 떡하니 놓여 있을 뿐이었다.

"아, 어떻게 된 거지?"

여자의 눈이 창문 밖에서 안을 들여다보았다.

"가방을 도둑맞았어."

창문 밖에서는 경박한 여자의 날카로운 웃음소리가 갑자기 들려왔다.

"천하태평이군요… 도둑맞은 것은 어쩔 수 없어요… 빨리 내리세요. 꾸물거리다 당신도 기차 속에 갇혀 버리겠어요."

기차를 내렸을 때의 내 모습은 무장을 해제당한 지나군 병사보다 비참했다.

풀이 죽은 내게 여자는 재차 신경을 썼다.

"가방 안에 뭐가 들어 있었어요?"

"만주리까지 갈 여비가 들어 있었어."

나는 아까운 마음과 절망스러운 마음에 자포자기가 되어 소리를 질렀다. 그리고 둥구미를 어깨에 메고 성큼성큼 정류장으로 걸어 나와 그대로 야마토 호텔의 바로 들어갔다.

---

12) 천일홍의 다른 이름.

"소다수하고 위스키!"

술을 바로 따랐다.

정향은 슬픈듯이 고개를 숙이고 있었다.

아름다운 정향은 호텔의 바를 장식하는 한 알의 다이아처럼 선명한 선으로 사람들의 주목을 받고 있었다. 그것은 초라한 등구미를 어깨에 멘 유랑자인 나하고는 그로테스크한 콘트라스트를 이루었다.

"가요. 그렇게 걱정을 하거나 자포자기하지 않아도 괜찮아요."

여자는 거듭 말했다.

……올해 내 운세는 육백금성(六白金星)이고 팔방이 막혔어……

그런 생각을 하고 있자 갑자기 마음이 편안해졌다. 그리고 정향이 눈물짓고 있는 눈을 보니 가여워졌다. 뜻밖에도 내 마음은 앞서가서 키스를 해 주고 싶은 정열이 싹터 왔다.

       *   *   *

정향은 이누보(犬吠)[13]곳에서 죽은 백양(白楊)의 정인이었다.

여자대학에 다닐 무렵의 그녀는 연인의 죽음을 맞이하여 절망의 나락으로 빠졌다. 그리고 7일째 되던 무렵, 시코쿠(四國)의 다카

---

13) 지바현의 지명.

하마(高濱) 해변으로 돌아가더니, 그 길로 그로 대륙으로 건너가 버렸다.

나는 6년 전 북만주를 유랑하다가 지칠 대로 지쳐서 봉천으로 돌아왔다.

그 무렵 어느 날 여름밤이었다.

봉천의 사쿠라 카페에 차가운 음료수를 마시러 갔다.

"당신은 화가? 소설가? 뭐예요?"

흰칠하고 눈이 큰, 머리칼이 검은 여자는 그렇게 물었다.

"뭐든 상관없잖아?…… 내가 마음에 들었어?"

여자는 웃으며, 테이블 위에 아스파라거스 잎을 손바닥으로 문지르고 있었다.

그것이 정향이었다.

정향은 밤에 침대에 누워 있을 때는 전라였다. 그리고 균형 잡힌 몸매를 자랑스럽게 바라보고는 미소를 짓는 버릇이 있었다. 또한 침대에는 신문지를 가득 깔고 그 차가운 감촉에 싸여 얇은 눈을 감고 잠이 드는 여자였다.

야마토 호텔을 나와서 마차를 탔다.

정향의 검은 파라솔과 나의 챙 넓은 파나마산 보헤미안 모자는 질주하는 마차에서 한여름의 거리에 그림자를 만들었다.

"당신은 일전에 나를 속이고 4백원을 가지고 가서, 하얼빈마루선에서 대련항행이라는 전보를 보냈을 뿐 아무 소식도 없었죠. 그리고 바로 여동생한테서 당신과 가오루(薫) 씨가 결혼한다는 소식이 왔죠. 저는 당신의 가혹한 처사를 진정 원망했어요…… 하지만, 저는 당신을 믿었어요. 조만간 오늘처럼 당신이 제 곁으로 돌아올 것이라는 것을요…… 당신이 여행을 떠났다는 것도 도쿄의 기하라(木原)의 집에서 알려 주었죠. 그리고 안동현(安東縣)에서 전보를 받았을 때는 그저 기뻐서 울었어요…"

울먹이는 여자의 투정에 가만히 청각을 기울이고 있던 나는 여자가 가지고 있는 진한 향기가 있는 열애의 심정에 휩싸여 갔다.

낭화로(浪花通)를 빠져나와 화강암 첨탑 기념비가 있는 광장을 돌자, 마차는 새로 지은 벽돌건물이 즐비한 쓸쓸한 마을로 들어섰다.

마차는 바로 온 창문에 하얀 커튼이 드리워져 있는 집 앞에 멈췄다.

"제 집이에요! 어서 들어가세요"

나는 여자에게 등을 떠밀리듯이 재촉을 당했지만 움직이지 않았다. 그것은 대문 옆에 한지스상회라고 쓴 금색 간판이 나를 노려보고 있었기 때문이었다.

"괜찮아요. 외국인이에요. 제 오빠라고 소개할 게요…"

"상관없을까? 당신 남편 피스톨 가지고 있는 것 아냐? 어쩐지 무섭군. 땅하고 총이라도 맞으면… 감당할 수 없을 테니까…"

여자는 어찌나 대담하던지. 내가 주저하고 있는 사이에 벌써 집 안으로 뛰어 들어가 윌리엄 파넘[14]과 같은 미남 외국인을 데리고 왔다. 해밀튼은 나를 진짜 오빠라고 생각해서 갈퀴 같은 붉은 손으로 내 손을 아플 만큼 잡고 흔들어댔다.

"당신은 영어를 할 줄 아나요?"

"전혀 못 합니다."

해밀튼은 할 말을 잃고 눈이 휘둥그레지더니, 유감스러운 듯이 웃었다.

얼마나 유쾌한 사내던지. 하지만 대체 지금 나의 행위는 죄악인 것일까?…… 어쩔 수 없지… 나는 그렇게 생각하면서 용감하게 미안한 구석도 없이 당당하게 어깨를 들썩이며 해밀튼의 집안으로 들어갔다.

*　　　　　　*　　　　　　*

---

14) 윌리엄 파넘(william Farnum, 1876.7.4~1953.6.5), 영화배우. 「삼손과 데릴라」 (1949), 「폴라인의 모험」(1947), 「미이라의 저주」(1944), 「클레오파트라」(1934), 「주홍글씨」(1934), 「몬테크리스트 백작」(1934) 등.

정향이 가지고 온 기리아지 권련초의 단맛에 탐닉하고 있자니, 해밀튼은 그녀의 통역으로 이것저것 물어 왔다.

"아티스트는 정말 좋겠어요. 수많은 사람들 중 소수가 선택된, 신의 명령을 받은 천직이죠. 하물며 희곡작가라니 얼마나 기분 좋은 일이겠어요. 셰익스피어를 알고 있어요. 체홉도, 메테르링크도, 입센도, 하지만 모두 미국인은 아니죠… 미국에도 뛰어난 사람이 있어요… 저는 조지(潮二)[15]를 그 사람들과 마찬가지로 위대하다고 믿고 있어요."

해밀튼의 말에 정향과 나는 자신도 모르게 얼굴을 마주보았다.

"웃으면 안 돼요."

내 눈의 판토마임의 질타가 여자의 웃음을 제지했다.

……이렇게 달이 뜬 밤의 늑대를… 위대하다고 여겨지는 해밀튼 씨는 신사다. 나는 무뢰한이다. 천양지차다… 이렇게 생각하고 있다가 해밀튼이 피스톨을 쏠 사람도 아닐 것 같아서, 마음은 슬슬 게처럼 수족을 움직이기 시작했다.

해질녘이 되자 해밀튼은 외출을 했다.

문 뒤에서 키스 소리를 내며 그를 배웅한 정향은 종종 걸음으로 방에 돌아오자 내 몸에 달려들었다.

---

15) 저자 시노자키 조지(潮二)를 말함.

"용서해 주세요. 화내지 마세요… 지금의 제 생활을 미워하지 말아요. 나를 더 행복한 사람으로 만들어 줘요… 당신은 정말로 돌아와 주었군요… 거짓말이 아니었어요… 또 나를 울리러 온 것은 아니겠죠?"

소파의 빌로도는 음울한 광택으로 그녀의 울음섞인 목소리를 가만히 듣고 있었다.

전기는 갓등에서 소녀의 눈동자 같은 빛을 눈부시게 발하고 있었다.

선풍기는 안달을 하며 쉭쉭 아무렇게나 신음하고 있었다.

정향의 수다는 어느새 내 마음속 고통을 긁어대기 시작했다.

"뭐 이렇게 집요한 여자가 있담…"

나는 몸을 일으키며 여자를 밀어냈다.

"어머나… 당신 저를 노려보고 있군요. 무서운 눈빛을 하고……"

다음 순간에 그녀는 얼굴을 소매에 묻고는 엉엉 울기 시작했다.

"쳇!"

나는 입술을 꾹 다물었다.

"귀찮아…… 그렇게, 아… 넌 너무 네 맘대로지… 그냥 기뻐해. 나는 그런 어리광스런 눈물은 질색이야. 눈물 맛도 조금은 좋지 만…… 알겠어? 내 입장도 생각 좀 해 줘. 돈은 도둑맞았지, 앞으로 어떻게 여행을 계속해야 할지 얼마나 괴로울지 생각 좀 해 달라구."

정향은 슬픈 듯이 올려다보았다.

"돈만 있음 되는 거잖아요? 해밀튼이 줄 거예요"

"싫어. 너한테 너무 많은 것을 받았어. 일전에도 4백원이나 턱하니 받았잖아……"

"당신 또 고집부리시네요. 그럼 알았어요 돈 같은 것 안 줄테니, 그 대신 날개 없는 새처럼 언제까지고 제 곁에 있어 주세요"

정향의 눈물은 말라 있었다.

"아마16)!"

지나 여자 보이가 들어 왔다. 그리고 말라비틀어진 소국 꽃 같은 주름투성이의 눈으로 나와 정향을 번갈아 보았다.

"편지를 부쳐 줘."

나는 샤쿠오(釋尾)17) 선생에게 돈을 빌려달라는 편지를 썼다.

"왜 당신은 여기 주소로 하지 않았어요? 야나기초(柳町)라니, 거기 누가 살아요? 혼마 다로(本間太郎)가 대체 누구예요? 제발 이쪽 주소로 해 줘요. 당신은 나를 망부석으로 만들어 놓고 혼마라는

---

16) 동아시아에 사는 외국인 가정에 고용된 원주민 가정부나 유모
17) 『조선 및 만주』의 편집, 경영, 주필을 담당했던 샤쿠오 하루노(釋尾春芿, 1875~?)를 말함.

사람에게 가 버리려는 거죠? 아마, 아마…"

정향은 미친 듯이 보이를 불렀지만, 그때는 이미 아마가 집을 나가 버린 후로, 그 까슬까슬하고 지저분한 노파는 방안으로 느릿 느릿 나타나지 않았다.

*   *   *

혼마의 집에서 야행으로 대련으로 출발하기로 했다. 그날 아침의 일이었다.

러시아인이 경영하고 있는 무쿠덴 호텔에서 정향을 만났다. 목욕을 하기도 하고 술을 마시기도 하고 상당히 여유 있는 시간이었다.

정향은 해밀튼의 집에서 구해 달라고 자꾸 졸랐다.

이제부터 긴 여행을 갈 것을 생각하니 나는 여자가 엉겨 붙는 것이 싫었다.

아름다운 여자를 가슴에 장식처럼 달고 여행을 하는 것은 물론 그 여행을 아름답고 화려하게 하는 것이었다. 그러나 그 화려함 뒤에는 배가되는 고난이 있음을 잊을 수 없었다.

"하지만, 나는 대련에 가서 입원을 해야 해. 이렇게 건강이 좋지 못한 몸은 하루라도 빨리 치료해야 해… 내가 건강을 회복할 때까지 기다려 주면 좋겠어. 그런 날이 온 후에, 당신이 해밀튼에게서 도망을 쳐도 아무 문제없을 거야… 지금은 해밀튼이 오빠라고 생각하고 있지만 나를 이상하게 여겨 나쁜 마음을 먹고 있으니까 오히려 위험하단 말이지."

그 이야기만큼은 그녀도 온순하게 가만히 들으며 고개를 끄덕이고 있었다.

"대련에 가서 돈 쓸 일이 있어서."

나는 바지 주머니에서 10원짜리 지폐 2장을 꺼냈다.

"샤쿠오 선생이 돈을 이 만큼이나 주셨어."

여자는 지폐를 가만히 바라보더니 이윽고, 손가방을 열어 돈을 꺼냈다.

"이것은 해밀튼한테서 받은 거예요. 오빠한테 주는 거라면서… 이 정도 있으면 당장은 괜찮을 거예요."

나는 여자가 내민 돈을 세어 보았지만, 눈은 휘둥그레져서 해바라기꽃 같았다.

"이걸 받고 가도 괜찮기는 하겠지만, 어쩐지 받으면 안 될 것 같은 기분이 들어…… 그쪽에 도착하면…… 보내 줘. 그렇지 않으면 당신이 해밀튼에게서 도망칠 때 쓰는 것이 좋을 거야. 대련에는 친구도 있고 하니 어떻게든 될 테니까. 그보다 해밀튼에게 돌려 줘 보든지. 필시 나를 진짜 오빠라고 믿고 안심할 테니까……"

정향은 자꾸만…… 그런 배려는 필요 없다며 내게 주려고 했다.

나는 아무래도 받지 않기로 결심했다. 두 사람은 순식간에 어색하고 불쾌한 검은 구름에 싸였다. 그러나 정향이 돈을 쓸쓸한 듯이 손가방에 집어넣었기 때문에, 결국 생각이 바뀌었고 두 사람 사이는 신나는 이야기로 화기애애해졌다.

……실은 내 마음은 그 돈에 혹했다. 그 정도 돈이 있으면 다음 유랑은 쉽게 할 수 있을 것이었다…… 그러나 앞으로 정향과의 생활을 생각하면, 나로서는 그것을 빼앗는 일은 주저되었다. 빼앗는다… 이 말은 그때 내 심정에 딱 들어맞는 것이었다.

나는 오랫동안 정향을 괴롭히고 있었다.

일부러 일을 그렇게 만든 것은 아니지만… 변덕스런 나의 행동은 자연히 그녀에게 고난의 화살을 쏜 것이었다.

설령, 정향을 구제(좀 겉보기에 좋게)한다 해도…… 과연 그것이 가능할지 어떨지 내 자신으로서는 알 수가 없다. 그보다 정향을 현재 위치에 잠깐 두는 것이 그녀를 다소간 행복하게 해 줄지 모른다. 내가 그녀를 계속 울린 것에 반해, 해밀튼은 늘 그녀를 쾌활한 작은 새로 만들 것이다.

……돈을 받으면 안 된다… 나는 이렇게 중얼거리면서, 그녀의

나에 대한 애욕, 망집의 불꽃을 부채질하는 것을 두려워했다.

그날 밤! 나는 아름다운 그녀와 막대한 돈에 미련을 남기며 봉천을 출발했다.

*『朝鮮及滿州』, 1926.1

‖창작‖

여자와 다리

하리오 교라이(張尾去来)

7월 꽤 무더운 여름 저녁이었다. 온돌을 일본식으로 개조한 나가야(長屋)[18]의 누추한 방에서 초라한 저녁식사를 하고 있던 미치오(通雄)는 젓가락을 잡은 채 가만히 반찬접시에 시선을 고정시켰다. 통으로 썬 우엉, 간장양념을 한 나물, 시커멓고 짜 보이는 가지절임… 뭔가 무서운 것을 뒤적이듯 계속 뒤적이고 있자니 그것이 묘하게 미치오의 목을 넘어가지 않았다.

"바보같이! 한심하게 이런 것을 매일 개, 돼지처럼 먹이다니 참을 수가 없어."

드러내놓고 말은 못하고 미치오의 얼굴은 점점 더 어두워졌다. 그런 줄도 모르고 자신과 마주앉아 네 그릇째 밥을 비우고 다섯

---

18) 칸을 막아서 여러 가구가 살 수 있도록 길게 만든 집.

그릇째 밥을 비워대는 아내 다즈코(田鶴子). 여기에다가 코라도 고
는 날에는 오늘밤에도 또 잠을 설치겠구나 라고 생각하니, 신경질
나게 다즈코의 얼굴이 우엉으로 보였다가 가지절임으로 보였다가
해서 견딜 수가 없었다.

그러나 다즈코도 그렇게 추잡스러운 여자는 아니었다. 가난이
그렇게 만든 것이다. 역시 그녀도 이런 생활이 지겨워진 것은 사
실이며 현재 미치오의 급료로 보면 무리한 요구였다. 게다가 다즈
코가 '백묘(白描)'에서 일하고 있던 무렵 그의 방탕버릇은 아직도
남아 있어서, 다즈코와 동거를 하게 되고 나서는 술을 먹으러 돌
아다니지는 않지만 당시 진 빚으로 여전히 허덕이고 있었다. 그러
나 미치오는 그런 일에는 도통 신경을 쓰지 않았다. 그는 예전에
재산을 탕진하여 예기들에게 인기가 있던 것을 유일한 자랑거리
로 삼고 있었다.

그와 다즈코는 사랑하는 사이였지만, 부부가 되었으니 만큼, 그
날그날 새로운 불쾌감을 반복해서 맛보고 있었다. 그뿐만 아니라
다즈코의 삐딱한 행위들에 하나하나 혐오감이 느껴져 어떨 때는
"나는 오늘밤에 한해 하숙생활을 하는 거야."라고 자포자기하는
마음이 들었다. 만약 뭔가 가사상의 일에 대해 상담이라도 할라
치면, 다즈코에게 느닷없이 "네가 칠칠치 못해서 그런 거야."라며

면박을 주는 것이었다. 그러니까 부부라고 하면 너무 어폐가 있을 정도로, 발정난 개와 원숭이를 같은 우리에 가두어 둔 형국이었다.

＊　　　　　　　＊　　　　　　　＊

　무엇보다 다즈코는 왜소한 미치오의 체격에 비해 5인치나 키가 더 컸고, 게다가 비만이라 다리만 해도 부부 모두 10문(文) 반으로 똑같았다. 그래서 머리라도 말아 올릴 때면 현재 자신들이 살고 있는 온돌방에서는 천장에 키가 닿았다. 다즈코를 이 온돌집 나가야에서 입이 거친 아낙네들은 '빌려온 이불'이라는 별명으로 불렀다. 빌려온 이불을 덮으면 다리가 비어져 나오기 때문이다.

　다즈코는 쑤셔 넣듯이 저녁을 해치우고 나더니 바로 상 밑으로 두 다리를 뻗고 이쑤시개로 이를 쑤시며 석간을 탐독하다가 얼마 안 있어 그곳에서 바로 잠이 들어 버렸다. 미치오가 오히려 이불을 펴 줘야 했다. 미치오는 그 정도의 일쯤은 아무렇지도 않게 생각했다. 미치오는 다즈코의 머리를 가볍게 들어 올려 베개를 베어 주었다.

　"우리 부부는 어쩌다 이렇게 서로 얽매이게 된 것일까?"

　미치오는 한없이 쓸쓸했다. 세파에 시달린 남자는 교활해지는 법인데, 여자에게는 이상하게 성격이 누그러진다. 다즈코라면 열

네 살 때 계모의 손에 의해 오키야(置屋)[19]에 팔려가서 예기에서
카페 여급, 나카이(仲居)[20]를 전전하며 인생의 암흑면으로만 떠돌
며 기구한 운명과 싸운 박복한 여자였다. 그러니만큼 미치오에게
는 사랑스럽기 그지없는 여자이기는 하지만 말이다……

　미치오도 자고 있는 다즈코와 직각의 방향으로 뒹굴었다. 그리
고 다즈코가 몸을 뒤척이는 바람에 그녀의 희고 긴 다리가 가끔씩
그의 다리에 닿았다. 그것이 무슨 잘못이기라도 한 듯 무의식중에
닿는 것이기는 하지만, 그는 자신의 다리를 일부러 가져가는 것까
지는 아니더라도, 자신의 다리와 그녀의 다리가 닿음으로써 흥분
을 했던 그의 감정은 이상하게도 수그러들었다. 방금 전의 그녀,
지금의 그녀, 그 다리— 그는 다리와 다리가 서로 부딪히는 데서
쾌감을 느꼈다. 그리고 다리가 맞닿을 때의 기분, 반대 방향을 향
했을 때의 기분, 그의 마음은 칠면조처럼 색깔이 변해갔다.

＊　　　　　　　＊　　　　　　　＊

　미치오는 그날 밤 다즈코가 새삼 어깃장을 놓은 원인을 곰곰이
생각했다. —

　미치오는 다즈코를 데리고 혼부라(本ぶら)[21]를 하러 외출을 할

---

19) 기생・창녀를 두고 찻집 등에서 손님의 청이 있을 때 보내는 집. 포주집.
20) 요릿집・유곽에서 손님을 응대하는 하녀.

생각으로 여느 때와 달리 회사에서 발걸음을 재촉했다. 보너스를 받은 지도 얼마 안 되었고 보통 때 같으면 다즈코가 먼저 가자고 했을 것이다. 그렇다고 해서 다즈코가 몸치장에 신경을 쓰지 않는 여자는 절대 아니다. 아주 잠깐 담배가게에 심부름을 갈 때도 앞머리에 빗질을 하고, 칼라나 오비에 신경을 쓰는 성격. 그러나 다즈코의 일종의 비뚤어진 성격은 보기 좋게 혼부라 계획을 어그러뜨려 버렸다.

"다즈코, 당신 왜 안 간다는 거지?"

"아유, 그래도 맨발로는…"

다즈코는 단지 버선이 맞지 않는다는 이유를 댔다. 한편 미치오 입장에서 보면 서른 몇 살이나 먹어서 혼자서 어슬렁어슬렁 혼마치를 돌아다니는 것은 남자가 할 일이 아닌 것 같았다.

그녀는 어느 날 버선을 사러 갔다가 지점장으로부터 "부인께서 신으시려는 겁니까?"라고 비웃음을 사고는, 꼬박 3일간 잠도 자지 않고 먹지도 않고 짜증을 부린 일이 있었다. 실제로 10문 반이 되는 여자의 버선은 쉬이 눈에 띠지 않는다. 있어도 축제 때 팔다 남은 두세 켤레 정도이다. 그러니까 다즈코는 봄가을 덴마시(天滿

---

21) 남촌 혼마치(지금의 충무로) 부근을 어슬렁(ぶらぶら)거리며 유흥공간에서 놀던 문화 또는 그러한 사람. 긴자거리에서 놀던 모던보이들을 '긴부라'라고 하던 것에서 유래.

市)22)에서 반 년 치씩 한 번에 사다 둔다.

게다가 다즈코는 비만한 체격에 어울리지 않게 히스테리. 최근 점점 더 심해지고 있다.

"당신은 혼자서 그렇게 생각만 하고 있는데 말을 하지 않으면 알 수가 없잖아."

미치오는 다즈코를 달래듯이……

"참견 좀 적당히 하세요. 내 일은 내가 잘 알아요."

다즈코는 항상 이렇게 고압적으로 나오는 것이었다. 게다가 자기 마음에 들지 않는 일이 있으면, 이를 바득바득 갈면서 울음을 터트렸다. 언젠가도 자신의 옷맵시가 마음에 들지 않자, 거울 앞에 서서 기모노(着物)와 오비를 갈기갈기 찢고 묶은 지 얼마 안 되는 머리를 쥐어뜯은 일이 있었다. 가난한 탓도 있겠지만, 물론 다즈코는 그런 자신의 성격에 일종의 자부심을 느끼고 있었다. 무슨 말인가 하면, 히스테리는 여자를 노블하게 보이게 하고, 특히 현대 청년은 여자의 센티멘털한 성격을 사랑하기 때문이다. 모든 여자는, 예를 들어 그것이 자신의 결점이라 해도 남자의 환심을 사는 것이라면, 거기에서 여자의 강한 자긍심을 발견하기 때문이다. 그것은 다즈코에게도 마찬가지였다. 그렇다고 해서 현재 자신들

22) 일본 오사카(大阪) 시 기타(北) 구 남동부의 지명.

부부 사이를 절대로 비극적이라고 생각하지는 않는다. 원래 천생
연분인 부부이지만 왜소한 미치오와 거대한 체격의 소유자 다즈
코와의 대조는 극단과 극단이 만나는 인류학의 종족개량에서 온
필연적 부부상인지도 모른다. 실제로 그녀의 존재감은 거대한 체
격을 갖고 있는 데 있다. 특히 다즈코의 다리에서 출발하는 자긍
심과 히스테리는 말이다. 미치오는 그녀의 히스테리, 흥분과 냉담
에 다소 불만은 있어도, 그녀의 건강하고 버선에 여유가 없는 큰
발은 펠트 조리 위에서 발꿈치가 반 정도 땅에서 떠서 나가주반
(長襦袢)23)을 차내며 여덟팔자로 질질 끄는데, 그것이 봄에서 여름
에 걸쳐 특히 마음을 휘젓는다.

　어쨌든 다즈코는 그런 강렬한 히스테리가 있어서 개나 고양이
도 키울 수 없었다. 언제인지 친척에게 3개월 정도 된 강아지를
받은 적이 있는데, 다다미 위에 오줌을 쌌다고 해서 방에 절대로
들어오지 못 하게 했다. 결국 차마 볼 수가 없어 남에게 줘 버린
일이 있다. 하지만 요즘은 상당히 외로워 보여, 이웃집 아기를 물
어뜯을 만큼 귀여워했다. 잠깐 시장에 갈 때도 이웃집 아기가 자
고 있으면, 그곳 강아지를 안고 가는 것이었다. 요 며칠 전에도 미
치오의 귀가가 늦다면서 개를 안고 집밖으로 나와서 허리 아래를

23) 긴 속옷. 여자용은 화려한 색상·무늬가 있음.

쓰다듬고 두 다리를 왼쪽으로 돌렸다 오른쪽으로 돌렸다 춤을 추게 하면서 맞아 주었다. 미치오에게는 그것이 얼마나 기뻤는지 모른다.

그때 미치오의 시선은 방긋 웃는 다즈코의 얼굴보다도 그녀의 다리를 향했다. 그뿐만 아니라 미치오는 회사에서 펜대를 굴리다 보면 항상 다즈코의 다리에 대한 상상이 번뜩번뜩 머리를 스쳤다. 그래서 몇 번이고 다즈코와 헤어지려고 결심했지만, 결국 헤어지지 못 한 것이었다.

"그렇다. 인간은 다리의 움직임 여하에 따라 때로는 법열경에 들고 때로는 실멸(失滅)감을 느끼는 것이다. 젊은 남녀의 다리와 다리가 서로 닿는 순간 삶은 살게 되고 삶은 꿈꾸고 삶은 번뇌하는 것이다."

"나는 다리에 농락당하고 있다."

그녀의 다리에 대해 미치오의 신경은 몇 가지로 분열되었다.

*『朝鮮及滿州』, 1926.11

‖ 탐정 콩트 ‖

짓궂은 형사

야마자키 레이몬진(山崎黎門人)

탐정 취미 모임 동인

썩어버린 숲 같았던 경성의 거리가, 수많은 카페나 식당이나 색시집으로 인해 일제히 강렬한 색채와 고기와 버터 향을 풍길 무렵. 혼마치 거리의 한 모퉁이에 멋진 분위기를 풍기는 '드링크'라는 카페가 있었다.

여기에 오는 손님들은 모두, 루리코를 보러 모여든다. 그만큼 그녀가 지닌 매력은 다른 여급들보다 뛰어났다. 목소리는 마치 옥구슬이 굴러가듯 청아하고, 분홍빛으로 물든 뺨은 어느 과일보다도 윤기가 흐르고 건강해 보이며 매력적이었다. 그리고 아름답기까지 했다. 그 미모도 한몫 했지만 그보다 더 많은 손님들을 기쁘게 하는 것은 누구도 따라올 수 없는 그녀의 마음에서 우러나오는 친절 때문이었다.

예를 들어, 진탕 취한 남자가 토사물을 닦은 손수건이라도 버리고 가면 그녀는 반드시 그것을 주워 깨끗이 세탁해 둔다. 그러고는 나중에 그 남자가 드링크에 찾아오면 '여기요! 오라버니'라고 하면서 넘치는 애교와 함께 곱게 접은 손수건을 꺼내 준다. 이렇다 보니 자연히 그녀의 수입은 다른 여종업원보다 몇 배는 높을 수밖에 없었다.

그래서 카페 드링크는 우리 사랑스러운 루리코 한 사람 덕에 굉장한 인기를 누리고 있었다. 그러던 중 묘한 소문이 퍼지기 시작했다. 소문이라고 해도 딱히 나쁜 이야기는 아니지만 말이다. 사건의 당사자가 되어 생각해 보면 조금 이상한 느낌이 들지도 모른다. 이렇게 말해도 독자들은 대체 무슨 이야기인지 갈피를 잡지 못할 것이니…… 사실은 이런 이야기이다.

카페 드링크가 유명해진다 → 유명하니까 가 본다 → 가면 루리코가 웃는다 → 그 미소를 보니 집에 돌아가고 싶지 않다 → 그래서 진탕 취한다… 여기까지는 좋다. 결국 끝이 보이질 않기 때문에 잔뜩 취해서야 체념하고 많은 돈을 써버리곤 집으로 돌아간다. 그런데 다음 날 아침 눈을 떠 보니 어떻게 된 일인지 어젯밤에 쓴 지갑이 보이질 않는 것이다. 뒤져 봐도 없다. 아무리 생각해 봐도 어디서 잃어버렸는지 전혀 짐작도 가지 않는다. 카페에서 떨어뜨렸을 리는 없다. 분명 어젯밤 외투 속주머니에 넣고서 가게를 나왔으니까.

그런데, 이게 웬일인가! 다음날 아침 혹시나 해서 드링크에 가보면 루리코가 잃어버렸던 지갑을 주워 두는 것이었다.

'어머 오빠, 어젯밤에는 꽤나 취하셨나 봐요! 돌아가신 후에 지갑이 떨어져 있기에 주워 뒀답니다. 잃어버린 건 없는지 열어서 확인해 봐요!'라며 건네준다. 이러한 그녀의 친절에 손님은 진심으로 감사할 수밖에 없다. 그래서 남자는 아무리 그녀가 거절한다고 해도 지갑의 무게에 걸맞은 사례를 건넬 수밖에 없게 되는 것이다.

이런 일이 한두 번 일어난 걸로는 소문이 그리 널리 퍼지진 않았겠지만, 그 후 드링크에 드나드는 사람 대부분이 진탕 취해서는 다음 날 아침 지갑을 분실했으니 이것 참 기묘한 일이다, 하고 이야기하게 된 것이다. 그리고 지갑이 없어지면 없어진 대로 끝날 수도 있는데 그 지갑들을 전부 루리코가 주운 데다 안에 들어 있는 돈이 한 푼도 없어지지 않기 때문이다.

그래서 이 기묘한 사건에 대한 소문은 점점 더 커지기 시작했는데 동시에 루리코에 대한 평판도 한층 더 올라갔다. 소문을 퍼

트리는 사람 중엔 지갑 분실과 그녀가 베일에 싸여 있는 존재임을 엮어 의심하는 사람도 있었지만, 그런 것은 루리코의 추종자들에게는 실연당한 남자의 미련일 뿐으로 아무런 의미도 없었다.

그런데, 이 무슨 신의 장난인지! 세상엔 참 신기한 일도 다 있다.

신문기자인 야마모토 소로쿠(山本莊六)는 평소처럼 혼마치 경찰서의 지하실로 내려가 둔중하고 살벌한 공기가 서려 있는 형사실 문을 열었다. 방 안으로 한 발 들어선 그는 그곳에 웅크리고 있는 아름다운 젊은 여성을 보고는 앗 하고 놀랐다. 게다가 그 여성이 눈물에 젖은 눈을 들어 살짝 자신을 바라 본 순간 충격에 엉덩방아를 찧을 뻔 했다. 그 역시 루리코의 추종자 중 한 사람이었기 때문이다.

그렇게나 평판이 좋았던 그녀가 갑자기 경찰에 붙잡혀 강도 높은 조사를 받다니? 몇 백 명이 넘는 루리코 추종자들을 실망의 구렁텅이로 떨어뜨릴 만한 사태가 아닌가?

그리고 듣게 된 사실은 아연실색할 만한 것이었다. 그녀는 어젯밤 K라는 짓궂은 형사에 의해 도둑질을 한 현행범으로서 잡혀 왔다는 것이었다. 그건 또 왜? 그녀가? 어째서? 왜? 왜지?

그녀는 사실 나가사키(長崎) 해안가 마을 선원들 사이에서 나비라는 별명으로 불리던, 고급 승객들을 털던 유명한 도둑 아가씨였다는 사실이 밝혀졌다.

그런데 그녀는 한 번도 드링크에서 손님의 돈을 훔친 적은 없지 않은가!

그렇다. 그녀는 이전에 있었던 소년원을 나온 이후로 완전히 마음을 고쳐먹었기 때문에 손님의 지갑을 훔친다는 나쁜 생각은 한 번도 한 적이 없었던 것이다.

그저 그녀는 손님으로부터 '사례'를 받고 싶었던 탓에 예전에 쓰던 빠른 손 기술을 이용해 술에 취한 남자의 지갑을 잠시 갖고 있었던 것이다. 즉 그녀는 그런 식으로 이중으로 팁을 받고 있던 차에 마침 그 소문이 짓궂은 민완형사인 K의 귀에 들어가 그가 친 덫에 걸려든 것이었다.

'그래도 나이 들어 병상에 계신 부모님의 약값과 남동생의 학비를 생각하자니 어쩔 수가 없었어요'라고 외치며 눈물을 흘리는 루리코의 모습이 얼마나 가련하게 보였는지는 굳이 야마모토 소로쿠의 목격담을 이야기하지 않아도 대부분의 독자들은 상상할 수 있을 것이다. (끝)

탐정 취미 모임 선언

경성 탐정 취미 모임은 발회식 등은 빼고 (그런 귀찮은 일은 싫어하기 때문이다) 사실상 이미 경성 어딘가에 존재하고 있다. 그리고 동인들 중에 다양한 사람들이 있는 것 또한 사실이다. 신문기자도 있고 부호도 있다. 아직 이 모임은 그림자나 유령 같은 (요사스러운 느낌까지 겸하고 있다) 존재이다. 그러나 우리들 탐정 취미 모임은 그런 점에 재미가 있는 것인지도 모른다.

탐정 취미에는 요사스러운 느낌은 저절로 따라오는 것이기 때문이다. 이 그림자의 존재가 잘 드러난다면야 다행일 것이다. 그리고 조선에서도 조선의 고사카이 후보쿠(小酒井不木)24)나 에도가와 란포(江戶川亂步)25)가 나온다면 정말이지 세상은 재미있어질 것이다. 다음에 소개하는 한 편은 제1회의 추천작이다. 먼저 이런 것에서부터 출발해서 본격적인 작품으로까지 조금씩 나아간다면 우리들의 기쁨은 커질 것이다.

— 마쓰모토 데루카(松本輝華)26)

＊『朝鮮公論』, 1928.6

---

24) 고사카이 후보쿠(小酒井不木, 1890~1929). 추리소설가. 의학박사이자 대학교수였으나 병으로 퇴직한 후 추리소설의 번역 및 창작에 매진했다. 대표작으로 『연애곡선(戀愛曲線)』, 『인공심장(人工心臟)』 등이 있다.

25) 에도가와 란포(江戶川亂步, 1894~1964). 소설가. 「이전동화(二錢銅貨)」, 「인간의자(人間椅子)」 등 발표, 일본 탐정소설의 기초를 다졌다. 이 외, 『음수(陰獸)』, 평론집 『환영성(幻影城)』 등이 있다.

26) 마쓰모토 데루카(松本輝華, ?~?). 1920년대 『조선공론』, 『조선신문』 기자. 문예란, 영화란 담당.

어느 여급과
신문기자

●

모리 지로(森二郎)

"여긴 내가 대신하고 있을 테니, 잠깐 인사만이라도 하러 갔다 와요. 몇 번이나 부르고 있는데 가엾잖아요. 벌써 한 시간 반 정도 저렇게 맥주 한 병 마시면서 당신을 기다리고 있다고요."

마침내 가장 나이가 많은 K코가 더 이상 참을 수 없다는 듯이 S코에게 와서 귓속말을 했다.

"뭐 어때, 몇 시간을 기다리고 있든지 자기 맘이지. 난 싫어 저 사람…… 게다가 내 차례도 아닌데 뭐……"

S코는 다른 손님들에게 들려도 상관없다는 듯이 큰 소리로 말했다. 정말로 자신이 한순간도 호의를 보인 적이 없는데, 왜 저 사람은 내 주위만 따라다니는 걸까 하고 생각하자 S코는 짜증이 났다. 이걸로 벌써 세 번째인가 네 번째였다. H코와 F가 와서 두세

번 같은 내용을 귀에 속삭이고 갔다.

"뭔가 볼일이 있나봐."

K코는 S코의 마음을 헤아려줄 수는 없다는 듯, 방금 전에도 옆자리의 빈 테이블 의자를 끌고 와 손님 사이에 끼어들더니 맞은 편 손님과 무슨 이야기를 하며 웃고 떠들었다.

"쳇, 볼일이 있을 리가 없잖아. 저런 사람."

S코는 다시 한 번 K코 쪽을 향해 이렇게 말하면서

"정말 마음에 안 드는 사람이야, 다람쥐 같은 얼굴을 해서는……"

이라며 혼잣말을 하며 마지못해 일어섰다.

"잠깐 옆에 가서 붙임성 있게 대하고 와, 안 그럼 일이 복잡해져. 저 사람 직업도 직업인데."

K코의 말을 들으며 S코는 퉁명스러운 걸음으로 청년 옆으로 갔다.

"뭔가, 볼일이 있으시다고요."

꼿꼿이 선 채로 이렇게 말하고는, 자기가 생각해도 너무 날선 말투에 그렇게 당당하던 S코도 마음이 켕기는지 잠자코 옆자리에 앉았다.

"뭐예요, 볼일이란 게."

라고 다소 부드러운 목소리로 고쳐 말했다.

"바쁜데 미안하군."

청년은 잠시 슬퍼 보이는 눈으로 S코를 보았다. 그리고 부끄러움을 감추려는 듯 마시던 맥주잔을 들어 괴로운 듯이 입에 대었다.

"할 얘기가 좀 있어. 편지를 써서 가지고 왔는데, 읽어 주겠나? 진지한 얘기야."

"그래요, 읽어 볼게요. 그런데 무슨 일이에요?"

S코는 관심 없는 듯이 대답을 하며, 청년이 든 컵에 남은 맥주를 따라 주었다.

······난 정말 바쁘다고······ S코는 열심히 그것을 청년에게 보여 주려고, 자신의 담당 테이블 쪽만을 바라보았다. 청년은 그런 일에 아주 익숙한지 S코의 태도에 조금도 개의치 않았다.

"그리고 말이야, 자네, 진지하게 생각해 주지 않겠나, 4,5일 중으로 편지라도 괜찮으니 답을 줬으면 해."

S코는 잠시 당혹스럽다는 표정을 지었다. 이런 사람한테 편지 같은 것 받아도 되는 건지 불안감이 덮쳤다. 게다가 대답을 원한다는 청년의 말이 왠지 모르게 기분 나빴다. 하지만 멍청하게도 '읽어 볼게요' 하고 가볍게 받아들였으니 이제 와서 이걸 받지 않겠다고 할 만한 적당한 말이 S코는 떠오르지 않았다. 게다가 지금 상황에 그런 일로 꾸물대고 있을 수는 없다는 생각도 들었다. 게

속해서 그런 우유부단한 청년의 얼굴을 보고 있는 것이 S코에게는 참을 수 없을 정도로 싫었다. 이미 받은 이상 읽지 않고 내버려 두면 될 거라고 생각했다.

잠시 후, 청년은 두터운 봉투를 테이블 아래로 S코의 무릎 위에 살짝 두었다. 그리고 주머니에서 한 장밖에 없는 듯한 5엔짜리 지폐를 끄집어내어,

"이걸로 계산해 주게. 거스름돈은 내 담당 여급에게 50전을 주고, 나머지는 자네가 쓰게, 적은 돈이네만."

S코가 담당인 K코를 부르고 있는 사이, 청년은 재빨리 홀을 나가 버렸다. K코에게 50전을 주어도 4엔 정도의 돈이 남았다. 하지만 S코는 그것에 손을 대려고도 하지 않았다.

"K코씨, 다 받아 두세요."

이렇게 말하고는 재빠르게 담당 테이블로 돌아가 버렸다.

테이블에서는 전부터 카페의 단골손님인 세 명이 기다리고 있었다. K코에게 대강의 이야기를 듣고는 S가 테이블에 오기를 기다렸다는 듯이,

"S짱, 이건 좀 문제가 있어. 아무래도 저 녀석은 잘못하면 칼부림 사건이라도 일으킬 것만 같다니까."

"그런 말씀 마세요, 안 그래도 왠지 모르게 기분 나쁜 사람인

70

데……"

"대체 어떤 중요한 용건이었을까?"

"이것 봐요. 답장을 달라는 데요."

S코는 소매에서 건네받은 편지를 꺼내 보였다.

"이건 우편으로 보내면 9전은 들 거야."

한 사람이 손에 들고 웃었다. 그리고 웃음소리를 들은 K코와 T코가 다가왔다.

"열어 봐, 어떤 내용이 쓰여 있는지."

젊은 T코가 이렇게 말하자,

"그런 짓 하는 거 아니야. 그 사람이 알게 되면 큰일이야. 그 사람의 직업이 직업이니까……."

라고 K코는 연장자다운 말투로 말렸다.

청년 W는, 카페가 관할 내에 있는 H경찰서에 출입하는 지방 일간신문 탐방기자였다. 1년 쯤 전 카페 B의 개업식 날, H서의 보안담당자 등과 함께 초대받아 왔다. 피부가 희고 몸집이 작은 남자였는데 눈 아래가 뭐라고 할 수 없이 이상한 느낌이 드는 청년이었다. 경찰이나 신문기자에게 특별한 호의를 보여야 하는 것이 관습처럼 되어 있는 이 지역에서는, 카페 B뿐만 아니라 어느 카페

에서도 이런 사람들에게 특별대우를 아끼지 않았다. 그중에서도
카페B는 개업한 지 얼마 되지 않은 가게였기 때문에 그러한 아첨
이 더욱 특별해 보였다. 여태까지 한 번도 가게에 얼굴을 보인 적
없는 여주인마저 W를 보자 비위를 맞추며 테이블 옆에 다가와
주문도 하지 않은 요리를 주방에 시키기도 했다. 물론 여급들에게
도 평소에 경찰관이나 신문기자들의 호의를 얻기 위한 임기응변
의 터득이나, 그들로부터 미움을 샀을 때의 비참한 결과에 대해서
설교를 해 왔다. 따라서 W의 테이블에는 항상 각별히 어색한 호
의에 가득 찬 여급들이 무리지어 있었다.

S코는 항상 그런 모습을 싸늘한 눈빛으로 바라보고 있었다. 그
런 일에 익숙한 다른 여급들에게 둘러 싸여 담배를 피우는 W의
모습을 보고 있노라면 침을 뱉고 싶은 생각마저 들었다.

……뭐야, 건방지게…… 신출내기 기자 주제에……

언젠가 한 번은 W가 외설적인 농담을 S코에게 던진 적이 있었
다. 그것을 들은 S코는 몹시 화가 났다. 손님과 여급 사이가 아니
었다면 그 잘 닦여 있는 포크를 그 오만한 얼굴에 내리쳐 주고 싶
다고 생각했다.

"뭐라고요? 실례예요."

S코는 돌아보며 W에게 내뱉듯이 이렇게 말하고 그 자리에 있

었던 나이프와 포크를 찰그랑 내던져 버렸다, 그리고는 부엌에 달려가 오랫동안 아이처럼 울음을 터뜨렸다.

"왜 그렇게 S짱은 W씨를 싫어하는 걸까."

여급 하나는 어느 날 이런 말을 하기도 했다. 그 말을 듣고 나니 S코도 신기했다. W는 별로 그렇게까지 S코의 마음에 들지 않을 만한 태도를 보이지는 않았던 것이다. 다른 여급들에게는 상당히 오만한 태도를 취하는 W였지만 S코에게는 오히려 경의를 표했다. 무언중에 나타나는 S코의 냉담한 모습에도 불구하고 W는 친해지고자 가련한 태도마저 보일 정도였지만 왠지 모르게 S코는 마음이 내키지 않았다.

W는 자신이 하는 일이 선악 중 어느 쪽이든 간에 대단한 힘을 지니고 있다는 것을 우쭐해 하며 이야기했다. 어느 카페에서 푸대접을 받고는 잠깐 그 가게의 어떤 작은 불미스러운 일을 귀띔하여 닷새간 영업정지를 받게 했다는 것이다. 어느 카페의 주인이 탄원하러 온 것을 자신이 조금 힘을 써 주어서 적어도 일주일의 영업정지를 먹어야 할 문제가 훈계로 해결되었다는 것, 어느 날 갑자기 타지에서 흘러들어 온 카페 K의 여급 T가 자신이 쓴 고작 7,8줄의 기사로 일약 그 지역의 스타가 되었다는 이야기, H카페의 퀸으로 불리던 M코가 자신의 과거가 신문 3면에 폭로되는 바람에

연기처럼 그곳에서 사라지게 되었다는 이야기 등등.

이 이야기를 듣고 있는 여급들 모두가 W의 힘에 감동했다고는 생각할 수 없었다. 하지만 적어도 거기에 있는 어린 여급들은 W에게 호의를 보여 T코와 같이 일약 지역의 스타로 추천받지는 못하더라도, 제2의 M코가 되면 안 되겠다는 것 정도는 생각하고 있었다.

이러한 이야기를 들을 때마다 S코의 W에 대한 혐오는 점점 더 커져 갔다. 마침내 W의 모습이 홀 안에 보이기만 해도 불쾌해졌다. 그와는 달리, W의 S코에 대한 태도는 나날이 더 깊어지는 듯 보였다. S코가 차갑게 대하면 대할수록 W의 마음은 S코에게 끌렸다. 이제는 누구의 눈에도 뚜렷이 W의 S에 대한 태도가 보이게 되었다.

나이가 더 많은 K코 등은 자주 그것을 걱정하며 S코에게 말했다.

"뭐, 별로 그렇게 너를 어떻게 해보려는 것은 아닐 거야. 왔을 때만이라도 붙임성 있게 대해 줘. 너는 정말 딱 봐도 너무 싫어하는 티를 낸단 말이야. 그렇지 않으면 무슨 일 생길지도 모르니까."

"뭐 어때, 신문기자라고 해서 무서울 거 없어. 그런 말단 기자 따위."

S코는 태연한 얼굴로 웃었다. 하지만 누가 그것을 W에게 일렀

는지, 2,3일이 지나자 W는 평소와 달리 심기 불편한 얼굴로 S코에게 이렇게 말했다.

"S짱, 어차피 우리들은 말단이니까 말이야······" 하고

S코는 아무래도 태연하게 있을 수는 없었다. 하지만 그것이 오히려 지금까지 집요하게 자신에게 다가 왔던 W의 마음에 어느 정도 불쾌감을 주어 자신으로부터 멀어져 갈 것이라며 기뻐했다. 그러나 곧 그 보복이 카페 B를 덮쳤다, W가 입버릇처럼 말하던 위력을 적나라하게 경험한 모두는 벌벌 떨 수밖에 없었다.

마침 그때 H서에서는 카페개선안으로 일식객실의 철폐지시를 조합으로 보냈다. 카페 B에서도 바로 거금을 들여 2층을 홀로 개축하고, 입구의 우측 정면에 계단을 신축했다. 어느 날 H서에서 개축을 검사하러 온 경관은 '계단이 3자 정도 규정보다 좁다'라는 이유를 들어 다른 것도 모두 다시 하라는 엄명을 내렸다.

카페 B에서는 낭패스러워 했다. 명령받은 대로 그 모든 것을 다시 고치려면 4,500엔의 비용이 든다. 그 소란 속에 W가 어슬렁어슬렁 들어왔다. 여주인은 K코에게 들었던 사건 하나가 있었기 때문에 W의 얼굴을 보자, 머릿속에 탁 하고 뭔가가 번뜩였다.

"W씨, 부디 한 번만 좀 봐 주세요"

여주인은 그가 부추긴 손실을 그가 메우게 하려고 순간적으로

생각해 낸 것이었다. 물론 S코에게도 억지로 도움을 청하게 했다. S코도 자신의 실언이 직접 이런 식으로 주인에게 피해를 주게 된 것을 진심으로 후회하고 있었기 때문에 진지하게 W의 도움을 부탁했다. 생각대로 W는 자신의 잔꾀에 지금까지 뻣뻣했던 S코가 정신없이 자신에게 달려와 준 것을 마음속 깊이 기뻐했다.

S코는 지친 몸을 방으로 옮겨 잠시 W에게서 받은 편지에 대해 생각해 보았다. 그 내용이 무엇인지는 이미 예상이 되었다. W가 M초에 있는 카페 M의 어느 여급에게 청혼했다가 가차 없이 거절당한 것을 원망하여 그 여급의 과거 비밀을 신문에 쓰겠다고 난리를 쳤다는 소문은 이전부터 들어 익히 알고 있었다. H초의 카페 W에 있는 S코의 친구에게 가서 '나는 S코와 결혼하려고 한다'고 말했다는 이야기를 S코는 며칠 전에 그 친구로부터 들었다. W의 편지가 S코에게 무엇을 요구하고 있는지는 뻔히 알고 있는 일이었다.

……나는, 그런 사람과 결혼하고 싶지 않아……

S코는 머릿속으로 그렇게 생각했다. 결혼은 고사하고 손님으로서도 얼굴조차 보기 싫은 그런 남자에게 받은 편지를 이제 와서 진지하게 읽어 보려는 마음도 들지 않았다. S코가 생각하고 있는

것은 어떤 형식으로 편지에 대해 거절하면 좋을지에 관한 것뿐이었다.

다음날도 그 다음날도, W는 모습을 보이지 않았다. 그리고 그 다음날, S코는 항상 가게가 한산한 틈을 봐서 영어공부를 하러 다니는 M초의 외국인 집에서 나오다 우연히 교회 앞에 서있는 W를 보았다.

"저기까지 걸으면서 이야기합시다."

W는 S코와 어깨를 나란히 하고 걸었다.

"읽어 봤나?"

"에……."

"대답은…… 예스…… 노…… 아니면 편지로 줄 건가……"

"저……"라고 S코는 멈춰 서서 "저, 사정이 있어서 결혼은 못해요."라고 딱 잘라 말했다. 역시나 W도 놀란 듯이 멈춰 섰다.

"어째서……"

"무슨 이유가 있는 건 아니에요."

"그건 복수의 사람을 의미하는 거야, 아니면 나라고 하는 단수에 대해서만의 이유인 거야."

"그 어느 쪽도 아니에요……"

"무슨 이유 때문에……"

"이유는 말씀드릴 수 없어요."

"그렇다면, 영원히 너는 누구와도 결혼하지 않겠다고 하는 거군."

"영원히라니, 앞으로의 일은 알 수 없어요."

"그럼, 몇 년 정도 기다리면 되는 건가?"

"그런 거 대답할 수 없어요."

"그런가……"

W의 그 이상한 양쪽 눈이, 안경 아래에서 번쩍하고 불타기 시작했다. 꼭 다문 작은 아랫입술은 무언가 씹는 듯한 움직임을 하며 오랫동안 W는 침묵을 지키고 있었다. 감정의 떨림이, 뺨에 역력히 떠올랐다. 끓어오르는 듯한 피의 움직임을 가만히 억누르고 있는 것 같은 기색이 전신을 휘감았다.

"좋아, 두 번 다시, 너에게 기대하지 않겠어, 그 대신 두고 보자."

W는 내동댕이치는 듯이 외치고는, 순간 모자를 다시 쓴 채로 뒤돌아보지도 않고 교회 앞을 달려가 버렸다.

'두고 보자'라고 해도 나에게는 저 사람한테 까발려질 어두운 과거는 없다고 S코는 생각했다. 또한 현재의 S코에게 결코 다른 사람으로부터 손가락질 받을만한 비밀은 전혀 없었다. 오랜 여급 생활 중 한 번이라도 뜬소문 같은 것 없었던 자신을 S코는 현명하

다고 믿고 있었다. 따라서 W의 '두고 보자'에 대해서 조금의 불
안도 없었다. 아무리 W라고 해도 그는, 그 일이 있고 나서는 카
페 B에 모습을 보이지 않게 되었다. 결국 S코는 평온한 나날을 보
내게 되었다.

그로부터 15일 정도 흐른 어느 날 해질 무렵이었다.

S코는 심한 모욕을 받으며 어두운 지하실로 내려왔다. 억울함과
두려움에 떨고 있는 S코를 한가운데 두고 2,3명의 경관들이 재미
있다는 듯이 S코의 하오리를 벗기거나 오비를 돌리거나 했다. 양
쪽에 죽 늘어선 나무격자문 안에서 많은 유치인들이 신기하다는
듯이 알몸이 된 S코를 바라보았다.

"딱하게도, 이런 미인을, 닷새 동안이나 빈대에 먹히게 둘 줄이
야……"

동그란 얼굴의, 살찐 유치장 직원이 조소하는 듯한 어조로 이렇
게 말하며 여자 감방문을 열쇠로 절그럭 소리를 내며 잠갔다.

그 전날 공휴일에 S코는 영어를 배우고 있는 외국인에게 이끌
려 근교를 드라이브했다. 그리고 돌아오는 길에 H초의 레스토랑
에 가서 간단히 저녁식사를 했다. 한두 잔의 양주로 조금 취해 있
었던 외국인은, 가게에서 틀어 주고 있던 레코드에 맞춰 일어났다.

"S상, 춤추지 않을래요?"

"저 춤 못 춰요."

"어렵지 않아요."

일어선 외국인이 양손을 내밀어, 잠시 S코의 몸을 안듯이 홀의 중앙으로 나가려던 참이었다. 문이 열리더니 W의 얼굴이 거기에 나타났다.

단지 그 정도의 사건에 지나지 않았다. 이렇게 H서에 불려간 S코는, 지금 구류 닷새의 즉결을 받아 유치장에 끌려온 것이었다.

"이봐, 당신네 가게, 꽤 평이 좋은 카페지? 이번은 초범이니까 깊이 추궁하지는 않겠지만 샅샅이 들추어 내면 이놈이고 저놈이고 무슨 짓을 할지 몰라. 그 예쁜 입 함부로 놀리지 않는 게 신상에 좋을 거야. 애초에 너 같은 여자가 당치도 않게 말이야. 듣자하니 영어를 매일 배우러 다닌다면서. 나중에는 외국인 전문 카르멘을 한다고 하질 않나. 도대체 어느 정도나 해 주는 거야."

담당 순사부장의 말은 난폭하기 그지없었다.

"뭐, 좋아. 그 잘난 입 얼마든지 지껄여. 어차피 카페 여급으로 일하는 네가 외국인과 함께 자동차 타고 하루쯤 어딘가에 숨어 들거나, 카페에 들어가 술을 마시며 금지된 춤을 추었다는 건 사실이겠지. 이 사실에 틀림은 없겠지만, 그 사실만으로도 구류 열흘의 가치는 충분해. 네가 먼저 어떻게든 그 외국인을 어딘가로 끌어들였음에 틀림없겠지만 말이야."

S코는 입을 다물고 부장의 각진 얼굴을 바라보았다. 눈물이 계속해서 흘러 나와, 코끝에 부장의 얼굴이 파도치는 물속 바닥에 있는 것처럼 떠올랐다가 잠겼다가 하더니 몽롱해지기 시작했다.

문득 S코는 흉측한 미소를 보이며 옆에서 지켜보고 있는 W의 얼굴을 거기에서 발견했다. 그리고 다음 순간 주위가 어두워지면서 아무것도 알 수 없게 되어 버렸다.

W는 그로부터 얼마 지나지 않아 시골의 신문사에 갔다. S코는 유치장에서 나와 어디로 갔는지 그 후, 소식이 끊어져 버렸다.

순정

일견 추한 사람도 이야기를 하는 중에 뭔지 모르게 아름다워지는 사람이 있다. 초대면 때는 못생겼다고 생각했던 여자가 오래 교제해 가는 사이에 뭔지 모르게 친근해지는 사람이 있다. 익숙한 얼굴에 대한 애증의 마음이라는 것은 전혀 그 얼굴의 아름다움과 추함에 관한 것이 아니다. 그렇기 때문에 아내의 얼굴의 미추라는 것은 선을 볼 때의 문제이지 결혼 후의 문제는 아니다.

• 『朝鮮公論』, 1930.7

‖ 실화 ‖

카페 여주인과
권총사건

●

모리 지로(森二郎)

그 즈음의 카페, 바리스타… 이하 모두 가명…는 개업한 지 얼마 안 된 아직은 이름만 있는 허름한 가게였습니다. 조선의 긴자(銀座)라고 불리는 경성의 혼마치 쪽이긴 했지만, 중앙부에서 멀리 떨어져 있었고, 홀도 일본식 2층집을 개조한 어두컴컴한 곳이었습니다. 인조대리석으로 된 테이블이 네다섯 개 놓여 있고 2층으로 올라가는 계단을 경계로 하여 막사 같은 판자문으로 둘러싸인 다다미 3장 정도의 작은 방과 흙바닥 그대로인 주방이 보였습니다. 2층은 6장 정도 되는 다다미 두 칸 방으로 초저녁에는 객실로 쓰고 가게를 마친 뒤 앞쪽 방은 여직원들에게, 안쪽 방은 주인 침실로 쓰고 있었습니다. 안쪽 도코노마(床の間)[27]에는 화려한 꽃무늬

---

27) 객실 다다미방 정면에 바닥을 한 층 높여 만들어 벽에는 족자를 걸고 바닥은

의 띠를 걸어둔 화장대와, 지쿠젠비파(筑前琵琶)28)가 놓여 있었습니다.

개업하는 날, 여주인 시나코(志奈子)가 비행기에서 경성 상공을 날아다니며 「현대 감각 가득한 카페, 바리스타로!」라고 인쇄된 전단지를 뿌린 것이 호기심 많은 경성사람들에게 소문이 나, 카페 바리스타는 허름한 가게인데도 첫날부터 상당한 고객을 끌고 있었습니다. 더구나 여기에는 도를 넘은 여주인의 고객에 대한 매혹적인 태도가 도움이 된 건 물론이었습니다.

여주인 시나코는, 이미 서른이 다 된 연배의 여자였습니다. 그녀는 젊은 웨이트리스들과 똑같이, 빨간 오비를 매고, 화려한 기모노를 앞치마로 여민 채 홀에 나와 있었습니다. 그녀의 모든 것이 육감적이었습니다. 둥글게 튀어 나온 넓은 이마, 짙은 눈썹 아래에서 빛나는 속눈썹이 긴 검은 눈동자, 딸기 같은 입술, 수분 가득한 복숭아 같은 몸, 그리고 그녀는 아낌없이 그 매력적인 교태를 누구에게든 발산했습니다. 원하는 사람에게는 아낌없이 내어주는 그 손길은 항상 불같은 정열에 타오르고 있었습니다. 3명의 웨이트리스도 괜찮은 여자들뿐이었습니다만, 여주인의 인기는 단연

꽃병 등으로 장식하는 곳을 말한다.
28) 비파의 일종. 작고 5현 5주로 되어 있다. 우미한 음색이 특징. 여성연주가가 많다.

그녀들을 압도하고 있었습니다. 여주인의 모습이 홀에 보이지 않는 카페, 바리스타는 왠지 모르게 허전하게 느껴진다고 할 정도였습니다.

개업하고 3개월이 지난 어느 날, 나는 신문사 동료에게 이끌려 처음으로 이 바리스타에 들어왔습니다. 나를 불러낸 하마다(濱田)라는 친구는 개업 때부터 쭉 다닌 이 카페의 팬으로, 소위 시나코 예찬자 중 일인자라고 자칭할 정도로 열심이었습니다. 그래서 바리스타에서는 하마다를 특별히 우대해 왔습니다. 하마다의 말에 의하면 특별한 손님 이외는 절대로 안내하지 않는다는 안쪽 방으로 우리는 안내받았습니다. 그리고 하마다에게만 보통 손님들에게 내 놓는 것과는 다른 화려한 꽃무늬 모슬린으로 된 방석을 깔아주어 기분이 좋았습니다. 물론 웨이트리스들에게는 아래 층 홀을 맡게 하고 우리들 방은 시나코 자신이 직접 담당했습니다.

"그래요, 이분이 M씨라는 분이시군요, 나, 당신이 쓴 글이 너무 좋아서 늘 보고 있답니다. 요 전번에도, 꼭 한 번 모셔와 달라고 하마다 씨께 부탁했었답니다."

붙임성 있는 첫인사가 끝나자, 그녀는 연이어 실타래처럼 계속 화제를 넓혀 갔습니다. 소설, 영화, 여행, 뭐든지 그녀는 알고 있었습니다. 그런 쪽으로는 나도 상당히 많이 알고 있어서 금세 이야기가 잘 맞았습니다. 우리들은 입이 무거운 하마다를 뒷전으로 하고 끝없이 계속 이야기를 나누었습니다.

"도대체 이 여자는, 어떻게 살아온 거지?…"

나는 바리스타를 나와 하마다에게 물었습니다. 하마다도 그녀의 신변에 관한 것은 아는 게 없어 보였습니다.

"글쎄, 언제더라. 한 4, 5년 전에 경성에서 작가 일을 했다고 하던데…"

라고 말했을 뿐 나머지는 혼잣말처럼 중얼거립니다.

"조금 흥미를 가진 여자야, 자신은 독신이라고 하지만 정말 저런 타입의 여자를 혼자 그대로 둘 정도로 경성사람이 다 바보일 리는 없지. 누군가 숨은 후원자가 있는 게 분명해. 또 사실 그녀가 말하는 대로 독신이라고 해도 그동안 누군가와 만났다 헤어진 건 분명해."

하마다는 '내가…'라는 말은 못하고 '누군가'라는 복수로 표현했지만, 그 엷은 미소를 띤 얼굴에는 자신감에 찬 빛이 역력했습니다.

두 번째에도 하마다도 함께 갔습니다. 전과 똑같은 방으로 안내받고, 우리들은 이전보다도 더 환대를 받았습니다. 어지간히 취했을 무렵 하마다는 노골적인 태도를 그녀에게 보이기 시작했습니다. 그녀도 어느 정도까지는 그것을 받아들여 주고 있는 것처럼 보였습니다. 슬쩍 마음을 떠보는 듯한 하마다의 이야기마다 그녀는 그것을 받아 주고 있었습니다. 내 마음에는 조금 질투 같은 기분마저 들었습니다. 하지만 하마다의 그런 태도를 보고 있자니, 나는 하마다가, 아직 그녀에 대해 예스인지 노인지를 확인할 수 있는 데까지 가지 못했음을 알아챘습니다. 이야기 흐름상 어느 정도 자신의 마음을 보여주지 않으면 안 되는 순간까지 가자, 그녀는 교묘하게 그것을 피해 나에게 말을 걸었습니다. 하마다가 안절부절못하는 모습이 확연히 보였습니다. 어느 순간 드디어 대담하게 그의 소망을 드러냈을 때, 그녀는 과연 하마다가 생각하고 있는 것처럼, 그렇게 쉽게 응할지 점점 의문이 들었습니다. 건드리면 따르는 식의 그녀였지만 마음 깊숙한 곳엔 강인함이 내재되어 있는 것 같아 보였던 것입니다. 이런 교묘한 그녀의 처신이 더욱더 하마다를 안절부절못하게 하면서 지금까지 버텨오게 했다고 생각했습니다. 하마다뿐 아니라 다른 팬들 모두가 다 그랬습니다.

"그 사람 이제 반응이 있을 거야."

나는 돌아가는 길에 하마다에게 그렇게 말했습니다. 그는 뭔가 생각난 듯한 표정으로 입을 다물고 웃기만 했습니다.

세 번째에는, 그녀에게서 전화로 직접 초대를 받았습니다. 선전을 해 달라는 것입니다. 그리고 가까운 시일 내에 두 번째 비행기 광고를 하기 위해 전단지 문구를 써 달라는 것이었습니다. 그날은 나와 그녀 단 둘뿐이었습니다. 그러나 하필이면 한 시간 후에 일본에서 온 지인과 회식 약속이 있어 코스별로 나오는 음식에 손도 못 대고 일어서자 그녀가 말했습니다.

"이삼일 내에 한 번 더 혼자 오셔서 여유롭게 드세요. 제가 언제부턴가 당신에게 저의 지난 삶에 대해 이야기하고 싶었거든요. 들어 보시고 맘에 드시거든 써 주실래요? 내 자서전 같은 걸로 해 줘요"

그리고 그녀는, 계단으로 내려가 구두를 신는 나의 등 뒤에 기대는 듯이 몸을 숙이며 속삭였습니다.

"당신, 어디어디 카페에 좋은 사람이 있으시다면서요? 나 일전에 어떤 사람에게 분명히 들었어요. 요즘 이상하게 당신 소문에 대해 예민해져 있거든요. 내 자신이 불쌍할 정도로요"

나는 그 이야기를 듣고, 잠깐 하마다를 떠올렸습니다. 그 녀석도 이런 수법으로 석 달이나 끌려 온 거구나, 나는 그렇게 호락호락한 남자가 아니거든! 여기 오는 팬들은 열이면 열, 이런 수법으로 다루어, 언젠가 하마다가 말한 것처럼 손아귀에 넣은 누군가를, 자기 맘대로 조종하는구나. 세상에 주체 못할 바보들이…

90

나는 문득 짓궂은 기분이 들었습니다. 그래서 구두를 다 신고 일어서서 거기에 기대고 있던 그녀의 손을 잡았습니다. 그녀는 잠자코 손을 뿌리쳤습니다. 나는 모자를 들어 건네는 그녀의 얼굴에 가만히 입술을 가져갔습니다. 하지만 그녀는 히죽 웃고는 얼굴을 돌려버렸습니다.

사나흘 지난 어느 날, 하마다가 내 방으로 와서 말했습니다.

"어이, 자네 일전에 그녀에게 초대받아 갔었다며. 도저히 방심할 수가 없네. 나에게는 모른 척 하고 있다니. 어젯밤 거기 가서 들었거든. 이거 강적이 나타났다 싶어서 화가 나 자네 험담을 좀 했더니, 그녀가 정색을 하며 자네를 변호하는 거야. 자네가 그때 갔을 때 어느 정도 그녀의 마음을 사로잡은 모양이더군. 그녀가 마지막에 M씨라는 분은 제가 매달리면 죽음도 마다하지 않을 분이라는 둥 지나치게 예찬하지 않는가, 기분 나빠졌어."

"뭐야, 그게 그 여자 수법이야."

나는 그저 웃으며 말했습니다.

나 혼자 바리스타에 가게 되면서 한 달 남짓 지났을 때입니다. 나는 지방에서 온 친구의 전화를 받고 도신치(東新地) 언덕에 있는 등산모임 회식에 가는 도중, 신문사의 급한 용무를 깜박하고 온 것을 깨닫고 마침 지나는 길에 있던 바리스타에 전화를 걸러 들어

갔습니다. 초저녁 7시인데 홀에는 손님 한 명 없었습니다. 계산대 옆 작은 창문이 딸그락 소리를 내는가 싶더니, 웨이트리스인 요시에(芳枝)가 달려 나와 소리쳤습니다.

"M씨 마침 잘 오셨어요. 잠깐 2층으로 올라가 보세요, 언니(여기에서는 시나코를 다들 이렇게 부른다)가 큰일 났어요"

나는 전화를 끝내고 바로 2층으로 올라갔습니다. 그녀는 머리가 흐트러진 채로 구석방에 엎드려 있었습니다. 도코노마의 거울이 심하게 깨져 있었습니다.

"도대체 어떻게 된 것입니까?"

내 목소리에 놀라 벌떡 일어난 그녀는 울먹이는 눈빛으로 나를 바라보며 말했습니다.

간노(管野)라는 남자가, 그녀가 그 즈음에 동거하고 있던 남자라고 말했습니다만, 누구한테서 시나코의 애기를 듣고 왔는지 갑자기 시나코를 2층으로 데려갔습니다. 시나코가 4,5년 전 타이피스트로 일했던 ××국의 고지마(小島)라는 남자가 자주 바리스타에 찾아 왔습니다. 그와 그녀는 그 당시 일할 때부터 동료들 사이에 소문난 관계였던 것입니다. 그 고지마와 그녀가, ××국 근처에 있는 테레센정이라는 레스토랑 2층에서 만나고 있는 것을 한 동료가, 일부러 고지마를 미행해 현장 확인을 했다는 것입니다. 그런 일이 한두 번 있었던 게 아니었다고 합니다. 그녀는 거기에 대해 고지마에게 외상이 상당히 있어서, 화나게 하지 않고 그것을 조금이라도 받아내려고 한두 번 테레센정으로 불렀을 뿐이라고 변명했습니다. 결국 간노는 한참동안 시나코를 심하게 때리고는 수제금고에 있던 돈을 가지고 어딘가로 나가 버렸습니다. 그리고 2시간 정도 후에 취해서 휘청거리며 돌아와 실탄이 든 권총을 휘둘러 큰소란이 시작되었던 것입니다. 그녀가 비명을 지르고 옆집으로 도망가서 소동은 그걸로 일단락되었지만, 그 때문에 가게는 일시적으로 문을 닫았다는 것입니다. 언제 또 간노가 뛰어 들어올지 몰랐기 때문입니다.

"미안합니다만, 당신, 제발 여기 있어 주세요. 나는 분명 살해당할 거예요."

그녀는 내 무릎에 얼굴을 묻고는 애원했지만, 나는 약속해서 기다리고 있는 사람이 있다고 말하고는, 만약 간노가 다시 찾아오면 바로 내가 있는 곳으로 전화하라고 말해 놓고 바리스타를 빠져 나왔습니다.

정각 밤 11시였습니다. 전화가 와 그녀가 유곽 입구에 있는 카페 샤토에 와 있다고 했습니다. 나는 바로 샤토로 갔습니다. 그녀는 아침부터 아직까지 식사도 못했다며 라이스 하나를 주문해 놓고 있었습니다. 1시간 정도 전쯤에 간노가 취해서 다시 왔다고 했습니다. 그리고 안에서 단단히 걸어 잠근 바깥 유리문을 부서져라 두드렸다는 것입니다. 그녀는 불을 끄고 부엌에서 숨죽이며 숨어 있었지만, 간노는 결국 문을 부수고 홀 쪽으로 침입해 들어왔지요 간노가 큰 소리로 고함지르며 2층으로 올라갔을 때, 그녀는 뒷문으로 빠져나와, 여기까지 달려왔다고 했습니다.

"나는 오늘밤 살해당할 거예요 도와주세요 간노는 2층에서 권총을 들고 내가 돌아오기를 기다리고 있어요 나는 못 돌아가요"

그날 밤 우리들은 그런 우연한 사건 덕분에 다시 만난 것입니다. 주변이 모두 잠든 고요한 2층에서, 거의 미친 사람 된 간노가 무슨 일을 저지를지 모른다면서 돌아가려 하지 않는 그녀를 데리고, 나는 할 수 없이 아사이마치(旭町)에 있는 은밀한 요정의 문을 두드렸습니다. 우리는 간단한 음료를 마시고, 바로 침실로 안내 받았습니다. 그녀는 방에 오자마자 간노에 대한 이제까지의 두려움 따위는 잊은 듯이 바로 정열적인 여자가 되어 버렸습니다. 그리고 그녀는 침대에 들어가자마자 속삭였습니다.

"역시 내가 생각한 대로 당신은 강한 분이에요 이 서글픈 현실에서 나를 구해 줄 힘이 있는 분이에요 숨도 못 쉴 만큼, 그 팔로 나를 꽉 껴안아 주세요 그리고 불 같은 키스를…"

우리들은 모든 것을 잊으려고 애썼습니다. 지금 바로 눈앞에 끓어오르는 몽환 앞에서 황홀해 하며 거칠게 서로를 끌어안았습니다. 그리고 숨 막힐 것 같은 피로로 몸을 떼었을 때, 그녀는 간노와 지금까지 있었던 일을 이야기해 주었습니다.

고향에서 여고를 나와 1년 정도 타이프라이터로 있었을 때 그녀에게 결혼 이야기가 오갔습니다. 상대는 K라는 대학을 나와 고향에서 변호사를 개업하려는 청년이었습니다. 당시 20살이던 그녀는 어릴 때부터 알고 지낸 그 청년과의 즐거운 결혼 생활에 가슴을 두근거리며 3개월 정도를 보냈습니다. 드디어 다가온 결혼식을 앞두고 의외의 일이 기다리고 있었습니다. 청년에게는 교토(京都) 재학 중 진지하게 만나는 여자가 있었던 것입니다. 더구나 그녀는 임신 중이었습니다. 이것을 알게 된 그녀의 부모는 너무 놀라 남자 부모에게 그 사실을 통보했습니다. 이미 예물도 다 주고받은 상태였던 시나코와의 결혼은 파기하게 되었습니다. 고향에 있을 수 없게 된 시나코는 바로 한 지인을 의지하여 경성으로 왔습니다. 그리고 ××국의 타이프라이터로 1년 정도 지내다 평양에서 살게 된 것입니다. 평양에서 그녀가 무엇을 하며 살았는지는 말하지 않았지만, 카페 같은 것을 하고 있었던 것 같습니다. 그러나 평양에 오고 반 년 정도 지났을 때 제2의 비극이 일어났습니다. 그것은 바로 주식 실패로 고향 집이 망한 것이었습니다. 아버지는 2천원 돈 때문에 형사 피고인이 되었다고 전해 들었습니다. 그녀는 나이든 엄마의 눈물에 넘어가 가엾게도 자신의 몸값으로 그 돈을 갚았습니다.

그때 나타난 것이 간노였습니다. 간노는 부근에 있는 육군 ××부대에 오랫동안 근무하고 있던 남자였습니다. 시나코가 있던 카페에는 자주 ××부대의 장교들이 찾아 왔습니다. 그리고 간노는 상사 한 명과 시나코를 차지하기 위하여 오랫동안 고군분투를 해왔습니다. 하지만 시나코는 간노에게 조금의 호의도 갖고 있지 않았습니다. 집요하게 달라붙으면 붙을수록 그녀는 간노에게 격한 증오심을 느꼈습니다. 하지만, 시나코가 그 비극적인 상황으로 내몰렸을 때, 간노는 결연히 그녀 앞에 섰습니다. 그는 2천원을 내놓고 벼랑으로 내몰린 그녀를 구해 주겠다고 약속했던 것입니다.

"나로서는 얼굴 보는 것조차 싫은 사람이었어요. 하지만 그때, 나에게는 다른 길이 없었어요. 수많은 짐승 같은 남자들의 장난감이 될 걸 생각하니, 얼마나 마음이 편했는지 몰라요. 나는 몇 명이나 되는 사람들에게 내 몸을 팔아 갚아야 하는 것을 간노 한 사람에게 2천원으로 팔렸던 거예요."

간노는 바로 부대를 그만두고 시나코를 데리고 경성으로 왔습니다. 그리고 여기저기 돌아다니며 모은 돈으로 카페 바리스타를 개업한 것입니다.

　사랑하는 마음이 조금도 생기지 않는 남자와의 동거는 정말이지 눈물뿐이었다고 합니다. 자신을 구해 준 간노의 은혜와 무엇을 희생해도 아까워하지 않은 간노의 집착적인 사랑에 그녀는 어떻게든 간노를 사랑하게 되었으면 좋겠다고 늘 마음속으로 빌었습니다. 그녀의 말을 빌리자면, 간노는 그녀의 속옷까지도 빨아 주는 남자였습니다. 하지만 그녀는 도저히 간노를 사랑할 수 없었습니다. 사랑할 수 없다기보다 그에 대한 증오심만 나날이 짙어져 갔습니다.

　간노의 고민은 거기에 있었던 것입니다. 그에게 차가운 그녀에 대해 질투하기 시작했습니다. 그리고 그 질투는 점점 광적으로 치닫고 있었습니다. 원래부터 간노에게는 일종의 변태성향이 있었습니다. 사랑하는 그녀를 안고 불타는 향락을 마음껏 즐기기 위해 그는 항상 지독한 질투심으로 그녀를 괴롭혔습니다. 흐느껴 우는 그녀의 육체에서 그는 끝없는 향락을 추구한 것입니다. 비밀의 늪을 간직한 두 사람의 동거 생활은 2년이나 지속됐습니다. 더 이상은 견딜 수 없었던 그녀는 모든 과거를 내던지고 그 괴로운 현실에서 도망가려는 마음뿐이었습니다. 그녀는 경성에 오기까지 두 번이나 도망쳐 행방을 감췄습니다. 그러나 집요한 간노는 언제나 그녀를 되찾아 내었습니다. 그녀는 이미 호적에도 올라간 법률상 부부였던 것입니다.

나는 잠자코 여기까지 듣고 있다 문득 전율을 느꼈습니다. 그녀는 다른 사람의 아내였던 것입니다. 나는 너무나도 무모한 그녀의 그날 밤 행동에 아연실색했습니다. 소름끼칠 정도의 위험이 내 눈앞에 다가와 있었습니다. 한순간, … 말 그대로 한순간이었습니다. 만약 이 이야기를 그녀가 밤이 새고 나서 나에게 털어 놓았다면 우리들은 어떻게 되었을까요. 우리는 무시무시한 범죄자 신세를 감수할 수밖에 없었을 것입니다.

모든 것이 환멸스러웠습니다. 나는 그저 기가 막혀 바라보고 있던 그녀를 침대에 남겨 둔 채 아직 날도 새지 않은 밖으로 도망치듯 나왔습니다. 절벽에서 거꾸로 떨어지려는 찰나에 꿈에서 깬 것처럼 온몸은 식은땀에 흠뻑 젖어 있었습니다. 나는 다시 한 번 전율을 느꼈습니다.

그날 밤 간노는 경찰을 데리고 나와 그녀의 행방을 찾아 돌아다녔다고 합니다. 하마다도 갑작스런 간노의 방문에 처음으로 사건의 전말을 듣고 아연실색하여 밤새도록 우리들의 행방을 찾아다녔다고 했습니다.

다음날, 중재하는 사람이 있어 그녀는 바리스타로 돌아갔습니다. 우리들이 생각한 만큼 시끄러운 소동은 없었던 것 같습니다. 그날 이후 그녀는 홀에 나갈 수 없게 되었습니다. 4,5일 지나고 그녀는 갑자기 신문사로 나를 찾아왔습니다. 짙은 올리브색의 짧은 소매의 옷을 입고 창이 긴 검은 모자를 깊숙이 눌러 쓴 그녀는 뭐라 말할 수 없이 요염하고 아름다운 모습이었습니다.

"여러 가지로 걱정을 끼쳐 드렸습니다. 나, 지금까지의 방식으로는 도저히 좋은 결과를 얻을 수 없다는 걸 깨닫고 5,6일 이렇게 얌전히 있었어요. 이번에는 나 혼자 고향으로 돌아갈 거예요. 집에서 누구든 사람을 붙여 다시 이혼 얘기를 마무리할 생각이에요. 당신도 내게 힘을 보태 주세요."

그녀는 이렇게 말했습니다. 하지만 그녀는 며칠 지나도 그런 모습을 보이진 않았습니다. 그로부터 열흘 정도 지난 어느 날 저녁, 쓰노다(角田)라는 면식도 없는 남자에게서 전화가 와서 나는 아무 생각 없이 레스토랑 아오키도(靑木堂) 3층으로 올라갔습니다.

"아, 자넨가. 나는 간노 친구네. 자네, 다른 사람의 아내를 만나고 다니다니, 그러고도 태연하게 지낼 수 있나. 자네처럼 짐승 같은 인간은 말로 해서는 모를 테지."

무서운 기세로 말한 남자는 몸속에 품고 있던 권총을 꺼내 올려놓았습니다. 가만히 권총을 바라보니, 실탄인지 공탄인지 알 수 없었지만, 장전은 되어 있었습니다. 실상을 알 수 없는 뇌관의 끝이 보였습니다. 그 남자는 잠자코 내 얼굴을 바라보다 다시 말했습니다.

"나는 도 경찰부에 있는 사람이야. 하지만 이거 보게. 사직서를 갖고 있네."

그가 꺼낸 사직서에는 K도 경찰부 순사 쓰노다 모라고 적혀 있었습니다. 그는 자리를 걸고서라도 나를 잡으려는 무시무시한 태도를 보였습니다. 그러나 나는 순간 이런 생각이 들었습니다. 지금 여기에서 이 남자가 권총을 쏠 만큼 무모한 행동을 과연 할 수 있을까… 하고. 우리들이 마주앉은 방의 좁은 복도 건너편에는 사람들이 많이 있습니다. 게다가 계단 하나 말고는 도망갈 길도 없는 3층에서, 오후 4시 반의 일입니다. 밖은 경성에서도 가장 사람이 많이 다니는 조선은행 앞이지 않습니까? 미친 사람이 아닌 이상 그런 몰상식한 짓을 할 리가 없다…고 나는 일부러 웃음을 띠며 조용히 말했습니다.

"자, 그런 걸 꺼내 봤자 소용없네. 나는 자네가 그 방아쇠를 당기기 몇 초전에 자네 팔을 비틀어 엎어누를 정도의 자신이 있네. 또 자네는 이런 걸 갖고 있다는 것 자체만으로도 우스운 꼴을 당하지 않겠나. 더구나 나는 그런 사소한 일을 입 밖으로 내는 인간이 아니니까, 괜찮네."

쓰노다는 잠자코 내 얼굴을 바라보고 있었습니다. 나는 그의 눈 속에 이미 자신의 의중을 들켜버린 데 대해 낭패한 기색을 발견했습니다. 그래서 바로 말을 이었습니다.

"그 여자와 나와의 일에 관해 나는 조금도 마음에 걸리는 게 없네. 그러니 뭐라고 해명할 필요도 없는 거지. 그리고 자네도 여기서 자신을 희생하면서까지 그 일을 규탄할 정도로 바보는 아니겠지. 자네가 내게 말하고 싶은 용건은 다른 데 있을 테니 오히려 그 얘기부터 듣는 게 나로서는 훨씬 가벼운 마음으로 헤어질 수 있을 것 같네만."

쓰노다는 쓴웃음을 지으며 끄덕였습니다.

"상당한 배짱이군. 그러니 그 난리를 쳤겠지. 뭐 어쨌든, 나는 자네가 방금 한 말이 맘에 들어. 한 가지 부탁을 들어 줘야겠어."

"돈 말이지? 잘 알겠네. 하지만 언제라도 자네가 괜찮을 때 다시 전화해 주게나. 이런 분위기에서 자네를 만나 돈을 줘 버리는 건 내 마음이 허락하지 않으니까."

우리들은 그것으로 헤어졌습니다. 그 이후 쓰노다는 전화도 하지 않았습니다. 이것은 나중에 알게 된 사실이지만, 하마다도 이런 수법으로 순식간에 30원을 뜯겼다고 합니다. 쓰노다는 그로부터 며칠 후, 바리스타에서도 같은 수법으로 돈을 뜯어 만주 쪽으로 날랐다고 합니다.

나는 물론 그날 밤 시나코의 침대에서 도망친 이후, 바리스타에는 발걸음도 하지 않았습니다. 그러자 2,3일 지난 어느 정오에, 그녀가 전화로 '빨리 와 줘요.'라고 해서 들렀습니다. 나는 쓰노다와의 일이 있은 직후였기 때문에 바리스타로 나갔습니다. 3층으로 올라가니 그녀가,

"오늘부터 간노가 일하러 나갔기 때문에 집에는 없어요. 그래서 지난번 이야기인데, 나 드디어 하루이틀 사이에 결단을 내리려고 하는데요, 내가 집을 나가면 바로 이혼이야기를 당신이 해 주시면 안 될까요?"

라고 말했습니다. 나는 생각할 것도 없이 재빨리 거절했습니다. 그러자 그녀는 갑자기,

"당신은, 어째서 그렇게 냉담하게 구는 거죠?…"

라고 말하며 내 쪽으로 다가와 갑자기 그 통통한 팔로 제 팔목을 잡았습니다. 그리고 흐느끼며 말했습니다.

"뭔가 내게 맘에 안 드는 것이라도 있었나요? 말씀해 주세요. 나, 지금 당신에게서 그렇게 차가운 대접을 받으면 살아갈 수 없

어요…"

나는 어찌할 바를 몰랐습니다. 그때 마침 갑자기 간노가 근무를 마치고 돌아왔습니다. 아래층에서 벨이 울려 내려간 시나코는 잠시 뒤 다시 올라와 말했습니다.

"오늘은 인사 정도만 하고 돌아왔대요, '손님은 누가 왔어'라고 묻길래 당신이라고 말해 뒀어요. 상관없어요."

나는 간노가 목욕탕에 간 틈을 타 도망치듯 바리스타를 나왔습니다. '미친 개 같은 여자군.' 나는 그렇게 생각하면서 집으로 돌아왔습니다. 그로부터 몇 번이나 그녀는 전화로 나를 불러냈습니다. 늘 근처 소방서나 자신이 가는 미용실 전화를 빌려 쓴 모양인지 나를 잘 알고 있는 소방서에도 미용실에도 금세 소문이 퍼져 갔습니다. 편지도 2,30통 왔습니다.

어느 날 하마다가 내게 말했습니다.

"아무래도, 그 여자는 누군가를 이용해서 집을 나가려는 모양이야, 요 근래 모처럼 손에 들어 온 자네가 이렇게나 상대해 주질 않으니까 마흔이 넘은 경관을 같은 수법으로 복종시킨 모양이지. 간노가 낮에는 집에 없으니까 가끔 그 남자가 2층으로 오는 것 같아. 지금 이전에 거기 있던 기미코(君子)라는 여자가 지금 어디 첩인가 뭔가로 있다는데, 거기에 그 남자를 데리고 왔다는군."

하마다가 하는 말이라 전부 믿을 수는 없지만, 누군가 그녀의 상대가 되어 그때 그 문제를 해결할 때가 올 것이라고 — 나는 생각했습니다.

경성신사 축제가 끝나고 2,3일 지난 어느 날이었습니다. 외출에서 돌아온 하마다가 히죽 웃으며 내가 있는 곳으로 왔습니다.

"어이, 해냈다네. 드디어 그녀가 결단을 내렸나 봐. 축제 마지막 날 밤이었다나 봐, 그때 말한 그 남자가, 경찰서 순사부장이라더군."

하마다의 목소리는 통쾌한 듯이 내 귀에 울렸습니다. 나는 잠자코 대꾸하지 않았습니다.

딱히 어떤 말도 못할 정도로 마음이 아팠던 것은 아니었습니다만, 왠지 모르게 무거운 기분에 압도되었습니다. 그러자 하마다는 연이어 말을 했습니다.

"몇 번이고 도망쳐 봤자 소용없어, 그 간노라는 남자, 죽지 않는 한 시나코를 내버려 두지 않을 걸. 지금 내 친구 변호사에게 들은 이야기인데, 자네하고 얽혔을 때, 그 남자가 변호사를 찾아와 자네를 고소할 방법을 물었대. 그러자 변호사가 먼저 아내와 이혼하지 않으면 안 된다고 말했기 때문에, 그 남자, 놀라서 그만

두었다는군…”

하마다가 말한 대로 집을 나간 시나코는 한 달이 지나 바리스
타로 돌아왔습니다. 간노가 고향으로 가 데리고 왔다고 합니다.
어처구니없는 일을 당한 것은 경찰서 순사부장이었습니다. 그는
자신의 고향에 급한 일이 생겨 2주간 휴가를 받아 가느라 그녀와
는 단지 도중까지만 동행했을 뿐이라고 변명했습니다만, 얼마 지
나지 않아 일을 관둘 수밖에 없게 되었습니다.

얼마 되지 않아 바리스타는 멋들어지게 새로 지어 큰 도로가로
진출했습니다. 이제 시나코는 아무리 특별한 손님이 있어도 객실
에는 얼굴을 내밀지 않았고, 간노도 일을 그만두고 하루 종일 옆
에 딱 달라붙어 있는 것 같았습니다. 웨이트리스 이야기로는, 질
투싸움은 여전히 사흘마다 반복하고 있다고 합니다.

“드디어 싸움은 끝났나 봐. 시나코도 이제 항복한 것 같아.”

하마다는 이렇게 말하고는 쓴웃음을 지었습니다.

그 후 몇 년이 지났습니다. 시나코는 뜬소문도 없이 지금은 완
전히 정착하고 있는 것 같습니다. (끝)

＊『朝鮮公論』, 1930.9

사랑에 빠진
사진기사

●

아키요시 하루오(秋良春夫)

이 이야기는 경성에서 남쪽으로 수십 리 떨어진, 어느 도시에서 일어난
청춘애사입니다. 아무도 눈치 채지 못하고 조용히 잊혀진
시교향곡 한 편의 목가라고 말씀드리고 싶습니다.

(상)

1

가와모토(河本)와 미야케(三宅)는 일에 싫증을 느끼면 아무렇게나
드러누워 그즈음 발표된 행진곡을 불렀다.

> 사람들이 들썩들썩 스텝을 밟고,
> 저녁 무렵 쇼윈도의 불빛이 비춘다.
> 저기 가는 사람이 미스 호후(防府)29)라면
> 의지할 나이트는 누구란 말인가.

---

29) 야마구치(山口) 현 남부의 도시.

바닷게가 보드카에 취한 것 같은 모습으로 바이올리니스트 기분을 내는 미야케와, 예술가 타입의 가와모토는 홀가분한 독신자로 매우 낙관적이었다.

이 동네에서 개업한 지 벌써 20년이나 된 Y사진관이 최근 들어 동네 중앙에 지점을 열어, 재료 공급이나 아마추어 손님에 대한 상담을 비롯하여 그냥 지나가는 손님의 편의까지 봐 주고 있었다. 그 지점에서 이 젊은 사진기사 가와모토와 미야케는 감독 겸 기사 상담 역할이라고 하는 까다로운 직함을 부여받았다.

완전한 독신자라고는 할 수 없지만, 아직 천진난만함에서 벗어나지 못한 가와모토는 그래도 최근 새로 맞춘 세일러 바지에 하늘색 양복을 걸치고 영화관에서 배운 것처럼 소프트 모자 앞창을 이상하게 내려 쓰고는 새침하게 서 있었다. 나이가 나이라서 그렇겠지만 여성들 앞에 서면 묘하게 품위가 있어 보인다.

막 세 살이 되던 철부지 시절, 부모님과 사별하고 숙부의 손에 길러져 방치되어 온 일도 있고 해서 남들보다 갑절은 인내심도 있고 또 한편 무사태평하게 굴기도 한다. 거기에 비해 단짝 기사인 미야케로 말할 것 같으면 언제나 검은 작업복을 걸치고 꾸준히 일하는 성격이지만, 옆에서 피리를 불면 따라서 춤추기 시작하는 남자이기 때문에 이 두 사람의 천하태평 기질이 같은 방에서 만나면

하다가극의 에미코가 괜찮다는 둥, 스즈란좌의 스미코가 단연 리드하고 있다는 둥 바로 그들이 원하는 '아주 근사하게 아름다운 것'에 대한 논의가 시작되어 버린다. Y지점은 때 아닌 상대방 말꼬리 잡기로 떠들썩해져 서로 반대편에 서서 주장하니, 풍설에 시간 가는 것도 잊어버리는 것이다. 말하자면 쾌활한 어조로 항상 모더니즘을 발산하여 첨단을 걷는 것을 유일한 자랑거리로 여기는 것이다.

특히 젊은 여자들 앞에서는 평소에 얻어들은 모더니즘의 모든 지식들을 동원하여, 신진청년 가와모토는 바로 나요 하는 얼굴로 짐짓 거드름을 피워보지만, 아직 그는 불행하게도 그 나이가 되도록 순진한 연애 대상 한 번 발견한 적 없는 불우한 남자였던 것이다.

그런데 그들이 바이올린을 끄집어낸다든지, 차랑차랑 만돌린 소리를 울리며 행진곡을 큰소리로 부르는 이유를 파고들어 보면 사실 지극히 간단한 것이다. 그것은 그들이 자부하는 모더니즘의 한 요소이자, 가장 최근에 가장 현대식 음조를 가진 곡으로서 그 곡에는 반드시 그 요소를 가미해야만 했던 것이다. 하지만 더욱 교묘하게 감추어진 그의 심리상태를 해부해 보면……

2.

게으른 두 사람이 때마침 만난 한 무리의 사람들과 떠들고 있자니, 쿵쿵 하고 2층 촬영 대기실 계단을 올라가는 발소리가 들렸다. 단골손님인 것 같았다.

그래서 가와모토는 세라판 모임에게 가만히 양손으로 조용히 하라는 무언의 손짓을 하고,

"미야케, 자네 올라가 봐. 손님이 오신 것 같네."

내객 접대의 역할을 단짝 기사 미야케에게 떠넘겼다.

미야케도 지기 싫어하는 사람이다.

"네가 가 봐."

두 사람은 서로 미루었다.

그러자 옆에서 그것을 보고 있던 모임의 최선두를 달리는 일인자, 젠틀한 후루야(古谷)는 가만히 일어서서 2층으로 올라갔다. 곧 급한 발걸음으로 다시 내려와서 굉장한 것이라도 발견한 것처럼,

"너무 아름다워!"

하고 눈을 동그랗게 뜨고 모두에게 알렸다.

가와모토와 미야케는 그 소리를 듣자마자 바로 올라갔다. 그 정도로 여자에 대해서는 현금주의자가 되어 있었던 것이다. 사랑의 혜택을 받지 못한 그들이니 당연한 일이겠지만.

"내가 갔다 올 테니까."

가와모토는 슬리퍼를 반쯤 신고 있었다.

"나에게 가 보라고 했었잖아."

미야케도 슬리퍼를 반쯤 신고 있었다.

인간이라는 존재는 자기 일생의 가장 중대한 사건이 우연이라고 하는 가느다란 실에 연결되어 있다는 사실을 생각해내게 한다. 예를 들어, 사거리에서 한 청년이 우연하게도 오른쪽 길로 들어섰기 때문에 자신의 생애를 헛되게 하고 마는 곤란한 처지에 빠지는 경우가 있다.

만약 이 경우, 미야케가 2층에 올라갔다면 작자는 펜을 놓아야 할지도 모르겠지만. 가와모토가 2층에 올라 간 것이다.

그는 의자에 기대어 있는 모던하고 스마트한, 이 굉장한 여성의 눈동자에 주눅이라도 든 듯 머뭇거렸다.

몇 장의 샘플을 보고 있는 여자의 전신이 지금까지 본 적 없는 아름다운 곡선을 그리고 있다는 것을 의식하자, 몇 장의 렌즈에 몰래 담아 두고 싶다는 충동에 사로잡혔다. 조화롭고 매력적인 모습에 넋을 잃고 만 것이다. 그래서 그는 가능한 한 우아한 포즈에 곡선이 많이 보이도록 2장 정도 찍었다.

"너무 아름다워!"

몇 번이고 같은 말을 마음속에 되뇌며 머리를 흔들었지만 여자가 현관 밖으로 사라져 버리자, 바로 원판을 안고 암실로 뛰어 들어갔다.

며칠인가 지났다.

"아름다워."

사진을 꺼내 보았다.

"아름다워."

그녀에게 홀린 듯한 날이 계속되었다.

그 사진의 성과는 그가 이제까지 얻은 예술적 지식의 모든 것을 완전하게 합법적으로 만족시키고 있었기 때문에, 그는 이 동네에서 발행하고 있는 잡지 「아마추어예술클럽」의 표지 사진으로 그 사진을 추천했다. 그러자 굉장한 인기를 끌었다.

그는 그 표지 사진에 '미스 호후 마드모아젤 기미'라고 소개했다.

그가 오랫동안 찬탄한 그 아가씨에게 접근하는 도화선은 이것이었지만, 점화된 불씨는 빠른 템포로 타올랐다.

그러다 최근 이 동네에 개점한 모던 바 팰리스의 칸막이 좌석에서 그녀와 만나 서로 마주보며 속삭이게 되었다.

그런데, 심리상태의 해부는? 하고 말한다면.

동경하는 마드모아젤 기미와 함께 가장 첨단의 행진곡을 부르는 젊은이들의 감격—이라는 감미롭고 섬세한 유머를 많이 가지고 있다는 것이 된다.

그래서 심리상태의 해부는 끝내기로 하고, 정작 그는 Y지점이 10시에 문을 닫으면, 단짝 기사 미야케를 제쳐두고 거리로 달려나가 경쾌한 리듬으로 포장도로를 톡톡 울리면서 기미가 근무하고 있는 바 팰리스, 자본주의와 현대화학의 혼혈아 같은 네온사인 아래로 기어드는 것이다.

"가와모토 씨."

그녀는 처음으로 가와모토 씨라고 정중하게 불러 주었다.

"K씨"

3개월이나 지난 시점에서 바꾸어 불렀다.

"미스터 K"

그것은 몇 개월인가 후에 불러 준 사인이었다.

이런 식으로, 제1기의 결말을 영화설명자의 어조를 빌려 적으면,

붉고 푸른 등불이 빛나는 밤, 그는 행진곡을 연주했다. 그녀는 그 소리에 맞춰 노래 불렀다. 그 아름다운 멜로디는 서로의 마음을 녹이고,

……두 사람은 사랑에 빠졌다. 그래서 K씨라고 불렀다.

3.

"재밌지 않아?"

"보시다시피 싫은 것만…"

두 사람은 덴진야마(天神山)공원의 잔디에 누워 서로 속삭였다.

"그래도 기분은 유쾌하지 않아?"

"눈물로 웃고 있는 것뿐이야. 모두 정석대론 걸 뭐…"

"정석이라고? 여느 때의 수법."

"그래 맞아. 자랑하고 자만하고, 아주 마음 간절한 눈으로 윙크하는 어쩐지 싫은 녀석."

"아니, 돈이 있는 손님 좋잖아?"

"좋기야 좋지만…"

가와모토는 뜨뜻미지근한 것을 몸으로 느꼈다.

"그러면."

"그러니까 자기 나중에 까다롭게 말하는 거야. 왜 소중하게 대하지 않느냐고… 그래도… 역시 싫은 건 싫은 거야."

"기미 씨가 아름답기 때문이잖아"

"싫어. 속고, 버려지고, 울고 나서 비로소 정신 차려보니 히로쓰 (廣津) 씨의 여급 같은 것이 된 거라고 봐, 그렇잖아…"

기미는 그렇게 말하고 만지고 있던 작은 돌을 연못에 풍덩 던졌다. 작은 돌은 거품을 내더니 가라앉았다. 물이 차오르더니 잉어가 금빛 배를 보였다.

"허어."

가와모토는 놀라 소리를 질렀다. 가을이 되어 먹이가 없어서 그런가 하고 생각했다.

살짝 일어나 잔디를 뽑아 던졌다.

다시 물이 차오르고 이번에는 검은 것이 떠올라 첨벙 소리를 내더니 삼켜 버렸다.

"이 잉어 바본데."

기미는 그렇게 말하고 웃었다.

"기미 씨, 사랑에 속은 적 있어?"

"안되잖아요? 그런 거 물으면…"

"있겠지?"

"담배연기로 도너츠를 만드는 오늘 같은 날이었겠죠."

기미는 얼굴을 불룩하게 하며 새초롬해졌다.

가와모토는 당황했다.

그래서 화제를 바꾸었다.

"Art is long이라는 말 알아?"

"예술은 영원하다는 의미죠?"

"그런 예술을 느끼고 있어."

"어떤 의미?"

"아름다움 그 자체를 당신 그 자체로…"

"어렵네."

"그러니까 영원히 당신을 존경하는 사람이 있다고 하는 의미야."

"나는 그렇게 생각하는 사람 별로 없어요 누구를 말하는 거야?"

"바로 옆에 두고서는…"

"놀리는 거 싫어요"

기미는 가와모토의 어깨를 흔들었다.

이 이야기가 끝나자 대화는 또 끊겼다.

여자란 어떤 사전에도 없는 말을 사용하는 것 같다. 싫다는 말과 좋다는 말을 뭉뚱그려 어느 쪽 한 가지로 쓰거나 어느 쪽 한 가지도 쓰지 않거나 하는 것 같다고 생각해 보았다.

"나 자주 생각하는 게 있어."

"어떤 거?"

"의논하면 들어주는 사람."

"얼마든지 있잖아? 그런 사람."

"나는 진심이에요"

기미는 못마땅하다는 듯, 두세 번 머리를 옆으로 흔들었다.

"뭔데?"

"이런 장사 그만두고 싶어."

"그만두면 뭐 할 건데?"

"하지만 힘들어. 몸이 축나니까. 돈은 필요 없지만 조용한 일을 하는 곳은 없을까?"

"저기."

가와모토는 잠깐 당혹스럽게 생각했다.

"이런 거 물어 봐도 될까?"

"어떤 거?"

"저기 어쩔지 모르겠지만…"

기미는 고개를 숙이고 잠깐 생각했다.

"몬샤 군지(モンシャ軍司)라는 사람 알고 있어요?"

"알지. 야마구치에서 일부러 여기까지 왔다고 하더군. 우리와 동업자니까…"

"가게도 자주 들러요. 거기 레스토랑도 경영하고 있을 걸."

"루나(PYHA)라고 했던 것 같은데, 그 사람 부르주아니까."

"그렇지만, 난 그 사람 마음에 안 들어."

"몬샤 군지가?"

"그래요. 이런 식이죠. 야마쿠치(山口)에 오면, 가게의 여왕처럼 대접해 준다고, 고생 같은 건 시키지 않겠다는 식의 작업. 너무 열심이어서 곤란해요."

가와모토는 이상한 것이 목에 걸린 것 같은 느낌이었다.

"그럴 때 기미 씨는 어떻게 말해?"

"고마와요. 거절당한 사랑이라고 생각해 줘요, 라고!"

가와모토는 덜컥 놀랐다. 거절당한 사랑? 그 말을 머릿속에서 몇 번이고 되짚어 보았다.

"몰라? 찢어진 베개는 잘 묶어 두어야 한다고 못을 박으라고 말해 줘요."

기미는 작게 웃었다. 가와모토도 히죽거리며 수줍어했다. 못을 박으라는 말을 몇 번이고 생각해 봤다.

찻집 할머니가 가게를 닫았다. 한 봉지에 5전이라고 붙여 두었던 종이가 보이지 않게 되고, 버려진 비둘기가 텐만궁(天滿宮)의 붉은 난간 지붕 뒤로 돌아가 버렸다. 도쿄발 시모노세키(下關)행 직행이 큰 소리를 내더니 흰 연기를 남긴 채 사라지고, 다시 제염 공장의 사이렌이 멀리 맞은 편 섬에서 저녁 교대를 알리며 울리자 두 사람은 겨우 일어났다.

"아침 산책하는 길에 한눈에 반해서, 나이트의 홀에서 깊은 사이, 템포 빠른 두 사람이라면 누구에게도 사양하지 말아."

가와모토는 지팡이를 흔들거리며 작은 소리로 노래 부르면서 걸었다.

"난 그런 노래 싫어요."

기미는 먼 산을 바라보면서 걸었다.

그래서 가와모토는 노래를 그만두고 옆에 나란히 섰다. 그리고 또 '싫어'라는 말을 했다고 생각했다.

4.

여기는 기미가 일하고 있는 바 팰리스에서 몇 동네나 떨어진 작은 변두리 술집, 한잔하려는 손님들은 대개 여기에 모인다.

어수선하게 놓인 테이블에 야무지지 못한 여급이 한쪽 다리를 꼬고 앉아 담배를 피우면서 맥주를 아끼는 기색도 없이 작은 컵에 넘치도록 부어 준다.

레코드는 취한 손님의 난리 통에 정신이 빠질 지경이다.

"그러니까, 싫다고 비뚤어져서는 안 돼. 내 마음을 이야기 한 것뿐이니까. 그녀에게는 깊은 인연이 있다는 것을 말해 두는 것이 니까."

몬샤 군지는 술주정처럼 이야기하면서 가와모토에게 맥주잔을 권했다.

가와모토는 몸의 동맥이 불끈불끈 부풀어 오르는 듯한 기분이 들어서 더 마실 수 있을 것 같지도 않았다.

"조금 더 괜찮지요?"

여급이 부어 준 컵을 끌어당겨 앞에 두었다.

"바보 얼간이였지만, 그래도 해군의 병사였어. 비행기를 타고 사진을 찍는다는 건 말이야. 높은 하늘에서 인간을 내려다보는 일은 정말이지 유쾌하지. 인간이라는 것이 우리들에게는 훤히 보이는 법이니까. 저 유명한 긴모치(公望)30)도 말이야, 무슨 일이 생기면 식은땀을 흘리는 법이야. 인간이란 모두 이런 상태지. 그렇기 때문에…"

"설교? 강당도 아니고, 여기에서는 금물. 시대에 뒤떨어진 곰팡이 같은 것이에요…"

여급이 큰 목소리로 군지의 이야기를 옆에서 끊고, 맥주잔을 채우면서 아양을 떨었다.

"가만히 있어 봐. 자네들은 도쿠야마(德山)라는 곳 알고 있나? 군함이 정박하는 곳이야."

"싫어요, 근처도 아니고…"

"거기에 기쿠스이(KIKUSUI)라고 하는 바 앤 레스토랑이 있어.

---

30) 사이온지 긴모치(西園寺公望,1849~1940) 정치가. 유신에 참여. 제2차 정우회 총재, 수상 등 역임

그 레스토랑에서 말이야…"

군지는 가와모토를 가까이 들여다보았다.

"……자네, 기미를 질투하고 있지. 스미코 씨가 거기에 있었어. 배가 이 항에 도착하자마자 바로 상륙했지. 쿵짝 하고 소란 떨면서 노래했던 거야. 역시 그때가 제일 재미있었어. ……나의 첩 라바 씨, 해군 병사여, 색은 검어도 해상에서는 미남 ……이라는 노래를 불렀지. 그런 걸로 스미코를 알게 되었는데, 편지할 때마다 돈이라든지, 언니가 어떻다든지 이야기했지. 보냈어. 보낸 건 괜찮았는데 모선하다 추락한 거야. 언니가 있으니 일단 의논해 보라고 말했지."

군지는 앞에 있는 컵을 들고는 맛있게 꿀꺽 한 잔 마셨다.

"그래서 의논해 본 거야. 그런데 소소한 변명을 하더라고 거절 당하는 사랑은 하지 말라나. 어떤 사이인지는 모른다면서 말이야."

"호호호, 추락. 낙하산이 퍼지지 않았던 거네요. 전사예요, 호호호."

여급들이 옆에서 크게 웃었다.

"그래서 해 버렸지. 군인정신이 튀어 나온 거야. 냅다 차 버렸지."

군지는 오른손 주먹을 쥐고 어깨를 으쓱해 보였다.

"무서운 사람이네."

여자들은 떠들어댔다.

"그런데 소리 없이 눈물을 흘리는 거야. 부모님이 계셨다면 이런 무시는 안 당할 텐데 하면서 말이야. 그런 일이 있고 나서 스미코의 언니를 알게 됐는데 그 언니도 예뻐… 그래서 화해를 하고 몇 번이나 언니가 있는 바로 놀러가서 떠들어 댔지."

군지는 여급 앞의 사과를 툭툭 치면서 위스키를 주문했다.

"뭐 천천히 마시면서 이야기하지. 좀처럼 이런 기회는 없을 거야. 뮤슈 가와모토. 미안하지만 온 김에 나랑 마시자."

그는 위스키를 권했다. 가와모토는 가만히 얼굴을 찌푸렸다.

오늘 지방 동업자 모임이 있어 요정 야마가메(山龜)에서 함께 있다가 돌아오는 길에 억지로 이 술집에 끌려 들어와 선배인 척 하는 군지와 함께 마시는 게 힘든 가와모토였다.

맞은편 테이블 옆에서 여급 세 명이 모던보이를 둘러싸고 스텝을 밟고 있었다.

"대충 이런 거야. 그런데 나의 딜레마라고 하는 것은…"

군지는 생각난 듯이 말을 이어서,

"두 마리 토끼를 동시에 쫓는 건? 그런 건 어떨까 생각하는 참이야. 결국…"

124

그렇게 말하면서 직접 글래스에 술을 부었다.

"야무지지 못한 분이네. 호호호"

여자는 비웃는 듯한 눈빛을 보냈다.

군지는 포켓에서 터키쉬AA를 꺼내 여급이 불을 붙여 주자 크게 빨아들이고는 평소처럼 천장을 향해 뿜어냈다. 연기가 자색으로 소용돌이쳤다.

"그러니까 뮤슈! 거기를 말이야. 무슨 말인지 알지? 나는 본업이 바쁜 사람이니까 바 쪽을… 결국 감독으로 있어 주기만 하면 되는 거야. 일은 바텐더가 있으니까…"

군지는 소리를 죽이고 가와모토의 얼굴을 들여다보았다.

가와모토는 갑자기 치밀어 올라오는 마음을 느꼈다.

"이상하게 말꼬리를 물고 늘어지는 것일지도 모르겠습니다만, 그럼 저는 어떻게 해야 하는 겁니까?"

"그렇게 적군처럼 굴지 않아도 되잖아. 의논하는 거니까…"

군지는 살짝 당황한 듯 가와모토를 제지했다.

"기미코와 스미코 어느 쪽이든 본인의 의지에 달린 게 아닐까요" 가와모토는 단호하게 말하고 위스키를 한 잔 털어 넣었다. 뜨거운 것이 가슴을 찔렀다.

"재미없어. 이봐요 스텝을 밟아 봐요"

여자들은 가와모토의 손을 끌어내며 애교를 떨었다.

레코드에서 흘러나오는 재즈가 투명한 글라스 속에서 춤을 추었다.

가와모토는 어설픈 발걸음으로 일어섰지만, 이내 자리로 돌아왔다.

……거절당할 것 같은 사랑을 하지 말라고 했잖아……

가와모토는 군지의 얼굴을 바라보았다. 말끝에 힘을 넣었다. 군지는 가만히 있었다.

"냉정하게 생각해 본 겁니까?"

가와모토는 물었다.

군지는 부ㄲ러워하며 담배를 피웠다. (계속)

•『朝鮮公論』, 1932.9

하

이 도시 중앙에 문을 연 사진관 지점에서 청년의 피가 끓어
오르는 젊은 사진기사 가와모토는 단짝 기사인 미야케와 함께
지극히 무사태평하게 근무하고 있었다. 어느 날, 스마트하고
시크한 여성 기미코가 이 지점을 찾아온 것이 계기가 되어, 가
와모토와 기미코는 사랑에 빠지게 되었다. 두 사람은 마음과
혼이 섞인 감미로운 사랑의 멜로디에 도취된 나날을 꿈처럼 보
냈다. 카페에서 일하는 그녀의 미모-그녀는 '미스 호후 마드모
아젤 기미'라는 찬사를 받고 있다. 그 미모에 열광하는 청년들
중에는, 가와모토와 동업자이자 선배이기도 한 몬샤 군지라고
불리는 청년도 있었다. 그는 일찍이 그녀의 동생인 스미코의
미모를 독점하려고 했고, 스미코는 거절한다. 그래서 지금은
매혹 그 자체인 언니 기미코의 맑은 눈동자를 쌍수를 들어 절
찬하면서 그녀를 자신이 사진업과 함께 경영하고 있는 루나라
는 술집의 마담으로 오라고 열심히 따라 다니며 설득한다. 그
러나 가와모토라는 사랑의 몰입자 때문에 그의 초초함은 기미
코의 태도와는 반비례하기만 할 뿐이다. 이윽고 그는 자신과
자매 두 사람과의 이전부터의 잊기 어려운 인연을 들고 나와,
자신의 오랫동안의 광적인 동경을 가와모토에게 숨김없이 이야
기하고 부탁하는 것이었다. 그러나.

5.

붉은 처마 등이 죽 늘어서고 분홍색 벚꽃 조화가 만발한 거리에 너저분하게 세워진 깃발 사이를 지나 시네마 중앙관에 두 사람이 들어 간 것은 점심시간 지나서였다.

　　진실을 말한 신이치의 말에 비로소 마음을 정한 아버지다. 　　그렇기 때문에 가령 40원의 월급을 받든 그것은 상관없는 일이 　　었다. 아버지는 행복하고 신이치도 행복해서, 더불어 미치코(道 　　子)도 행복했다.

두 사람이 사람들 무리에 섞여 상설관에서 나온 것은 저녁이었다. 벌써 거리의 등이 희미하게 빛나고 있었다.

"너무 좋았어요"

'포옹'의 피가 솟아오르는 듯한 은막에 취한 기미는 거리를 걸으면서, 아직도 스크린 속 장면에 마음이 가 있었다.

'아버지가 계셨다면', 기미는 그런 생각을 입속에서 되뇌었다. 가와모토도 마찬가지였다. 아버지가 계셨을 때 함께 쇼핑하러 왔던 맞은 편 잡화점에서 기모노의 오비를 고정시키는 것을 사 주셨던 것을 마지막으로 아버지는 갑자기 병으로 5년 전에 돌아가셨다. 그래서 소중히 간직하게 되었다. 그때 아버지는 힘든 생활 속에서도 여학교에 다니도록 해 주셨다. 항상 이 길을 친구와 사이 좋게 다녔지만, 그런 일이 있고 나서는 도중에 퇴학하지 않으면 안 되게 되었다. 나쁜 중개업자에게 잘못 걸려 이렇게 타락했기 때문에 그 무렵 친구들을 만나면 부끄러웠다. 그렇기 때문에 일부러 이렇게 화장도 진하게 하고 그렇게 해야 기분도 좋아진다고 기미는 이야기했다.

오른쪽과 왼쪽, 상점가는 특가상품판매 광고나 붉은 깃발이 많이 늘어서 있었다.

"K씨는 언제 집을 가질 생각이에요?"

기미는 가와모토를 돌아보며 진지한 분위기로 걸었다.

"집?"

가와모토는 무거운 뭔가가 머리 위에서 내리치는 것처럼 느껴졌다.

"기미 씨가 결혼한다고 가정하면 얼마 정도가 들겠어?"

"글쎄요. 백 원 정도겠지요? 동생도 그렇고, 집에선 뭔가 성실한 직업을 가졌으면 해요."

가와모토는 어두워졌다. 백 원, 가와모토가 받고 있는 월수당의 5개월분을 더해서 다시 삼등분한 정도의 금액이었다.

"나 가게를 가지고 싶은데."

가와모토는 그렇게 말해 봤지만, 가게를 낼 목표 같은 건 없었다.

"돈이 들잖아요?"

기미가 한 말에 가만히 수긍했다. 가던 길에서 오른쪽으로 돌자 사람이 많은 작은 길이 나왔다. 같은 모양을 한 2층 건물의 집이 죽 늘어서 있다.

"이 동네에서는 재미없다고 생각하지만, 어딘가에서 하숙집을 시작하면 어떨까요? 난 그런 것도 생각하고 있어요"

기미는 세상의 쓴맛 단맛을 다 본 여자 같은 생각을 하고 있었다. 4명만 들어와 준다면 충분히 해 볼만 하다고 했다.

"그러면 내가 먼저 하숙해 볼까?"

"들어와 줄 거예요?"

"물론이지."

"경호원으로요"

"그럼 방값은 무료로 해 줘. 그리고 밥값도…"

"월급봉투는 내가 챙길 거니까 괜찮아요."

"너무하잖아."

"용돈은 줄 거니까요"

"얼마나 줄 건데?"

"담뱃값 정도, 두 번에 걸쳐서 5원씩…"

거리의 악사들이 손님을 끌어 모으려고 흥을 내기 시작했다. 두 사람은 터무니없는 환상에서 현실로 돌아왔다. 고급 패커드 승용차가 두 사람 옆에 섰다. 가와모토는 사람을 잘못 본 거 아니냐는 얼굴을 하고는 옆으로 고개를 흔들었다.

그리고 나서 기미가 졸라서 '후쿠야(福屋)'에 들러 팥죽을 먹고 역 앞의 '산양루찻집(山陽樓喫茶部)'에서 조금 쉬었다가, 거기를 나와 곧장 동네를 가로질러 버스정류장에 왔다.

"다음 주 오늘도, 꼭."

약속이나 한 듯이 기미는 보조개를 보이면서 버스를 탔다.

굿바이 인사를 손으로 주고받고는, 가와모토는 빙 둘러 돌아와서 반대 방향으로 건들거리며 걸었다.

집ㅡ결혼ㅡ가게ㅡ하숙집ㅡ지금 기미와 이야기했던 것이 머릿속에서 뱅뱅 소용돌이 쳤다. 그 소용돌이가 반짝반짝 금화로 변해 돈이 되었으면 좋겠다고 생각했다.

햐쿠주(百十)은행의 큰 철문 앞에 오자 자신이 철도화물에서 굴러 떨어진 사과처럼 생각되었다.

그는 건물을 슬쩍 둘러보고는 길모퉁이를 돌았다.

6.

"난 비관적이에요…"

Y본점의 지시로 가와모토가 근처 시내를 돌면서 외교원 임무를 달성하고 돌아오자, 잘 못 본 건 아닌가 싶을 정도로 기미는 홀쭉하게 야위어 수척해 있었다.

"감기야?"

"아니요…"

"뭐야?"

"폐에 문제가 있다고 하네요. 요시다(吉田) 원장에게 진찰받고 왔어요. 그것보다 더 곤란한 일이 생겼어요. 아무래도 가게를 나와야 할 것 같아요. 벌써 오늘까지 13일이나 쉬고 있어서…"

기미는 관자놀이를 두세 번 양손으로 눌러 보였다.

환절기에 언제나 몸이 안 좋아지기 때문에 아무리 일해도 병원비 지출에 쫓기는 일이 반복되어서 고민이라는 얘기도 했다.

"야마구치는 왔어?"

"동생 말이에요? 어제 왔어요. 손님이 친구들과 함께 드라이브에 데려갔대요. 신사에 가 천신님께 참배했다면서 병문안 왔더라구요."

"바로 돌아갔어?"

"모두들 기다린다면서…"

기미는 스미코가 가지고 온 초콜릿을 가와모토에게 권했다. 그리고 꺼져 가는 화롯불을 후후 하고 불었다.

"그렇게 하면 안 돼."

가와모토는 미간을 찌푸리면서 화로를 당겨 자신이 대신 불었다.

기미와 사이좋게 지내는 일흔 살 정도의 할머니가 계단에서 살짝 얼굴을 내밀고는 머리를 흔들어 기미를 불렀다.

기미는 당황한 듯 서둘러 창문까지 갔다.

할머니는 기미의 귀에 대고 소곤소곤 불경기라서 많이는 못 빌려 준다면서 은화를 쥐어 주었다. 가와모토는 언뜻 노란색으로 보이는 종이조각을 발견했다.

할머니가 돌아가자 가와모토는 일부러 화로에서 얼굴을 돌렸다.

"용돈은 어때?"

그렇게 물었다.

기미는 핏기 없는 얼굴을 희미하게 붉히면서 가만히 고개를 숙였다.

가와모토는 두 번 접은 포켓 속에서 5원짜리 지폐와 두세 개의 은화를 방석 옆에 두었다.

"괜찮아요. 괜찮아."

기미는 당황한 듯 가와모토에게 돌려주었다.

"그냥 써."

가와모토는 그렇게 말하고 옆에 있던 책상 서랍에 그 돈을 넣었다.

기미는 콜록콜록 기침을 했다.

거리에는 반짝반짝 등이 켜졌다. 사람 얼굴이 희미하게 보였다. 요시다 의원의 간판 처마에도 하얗게 등이 켜졌다.

약 냄새가 코를 찔렀다.

여의사가 나와 간단하게 기미의 상태를 설명해 주었다.

"정말 실례입니다만, 긴히 부탁드릴 것이 있는데요. 원장 선생님께…"

가와모토는 살짝 머리를 숙였다.

여의사는 마음 좋게 승낙해 주었다. 그래서 원장도 만날 수 있었다.

"앞으로 2주 정도 지나면 좋아질 거예요."

가와모토는 원장의 말에 안심했다. 발걸음이 가벼워졌다. 기분 좋게 거기를 나와서 붐비는 거리로 나왔다.

네온사인 아래에서 새된 소리가 들려왔다. 환상의…… 치워라

센티멘털한 마음이여… 그래서 독인거야. 그는 원장으로부터 받은 주의를 생각하고는 기분이 좋아져서 어깨를 흔들면서 신나게 활보했다.

버스가 큰 소리를 내면서 맞은편 정류장 가까이에 정차했다. 가벼운 옷차림을 한 사람이나 오버코트를 입은 사람, 숄을 걸친 사람, 실크옷을 입은 사람, 타고 내리는 사람들이 불빛에 반짝여 보였다.

사람들도 참 바쁘구나 하고 생각했다.

"가와모토 씨 아니세요?"

누군가가 불렀다. 돌아보았다. 스미코가 보따리를 들고 서 있었다.

"언니 말이에요."

"어, 오늘도 일부러 오셨군. 원장 선생님도 괜찮다고 하셨어."

"그래요. 잘 됐네. 돈은 해결됐나요?"

"무슨 돈?"

"병원요."

"선생님에게 잘 이야기 해 뒀어. 그런 얘기는 언니에겐 말하지 말아 줘."

"아니, 언니가 얘기하니까… 팰리스 주인이 싫은 얼굴을 한다면서. 뭐 그래도 다행이네. 신경 쓰였어요."

스미코는 선물받은 거라면서 보자기 안에서 쓰리캐슬 캔31)을 꺼내서 가와모토에게 주었다.

"Thank You. 나 다음에 또 갈게."

가와모토는 스미코와 헤어졌다. 중앙관은 마지막 영화손님들로 북적이다 사방으로 흩어졌다. 가와모토도 그 사람들과 섞여 걸었다. 내일 아침은 바쁘다. 우체국에 가서 돈을 찾아 요시다 의원에 들려 밀린 비용을 깨끗하게 해결하고 기미의 마음을 후련하게 만들어 줘야지, 하고 생각하면서…

7.

만추가 되었다. 다 떨어지고 남은 나뭇잎이 가지에 붙어 바스락바스락 소리를 내면서 흔들렸다.

센티멘털해 보이는 저녁노을 진 하늘을 바라보며 감상에 젖었다.

'그로부터 벌써 2개월째야. 의사의 판단이라는 게 너무 무책임해. 어이가 없어도 정도가 있어야지. 두 번 다시는 상대 안 해. 움직이지도 못하게 되었는데도 그 원인을 모른다니. 만에 하나 무슨

---

31) 담배 이름.

일이 있어나면 이번에는 뭐라고 할 건가. 무리해서 그렇다고 하겠지. 이유를 대려고 하면 얼마든지 만들 수 있지. 책임을 전가할 셈인가? 또 뭐라고 하며 회피하겠지. 뭐라고 하면 좋을까? 만약의 경우가 생긴다면? 여기에 있으면 너무 멀려나…'

가와모토는 그런 생각을 하면서 피곤한 발걸음으로 강변을 걸었다.

다리 쪽에 가자 작업복을 입고 담배를 피우는 남자 세 명이 빙 둘러 앉아 수군거리며 이야기하고 있었다.

이렇게 경기가 안 풀려서야 못 살아. 일본이란 나라 안의 택시를 모두 날치기해서 외국으로 팔아 치우고 비행기라도 타고 파리의 단발머리 여자나 사러 가면 유쾌하겠지만, 그런 이야기가 들려왔다. 헛된 꿈이라고 생각했다.

전지보양을 권하다니 잘난 체 하지 마. 고약한 장사꾼 의사야, 그는 그렇게 생각하면서 걷다가 발에 걸리는 돌을 찼다. 돌은 굴러서 강 속으로 둔한 소리를 내면서 빠졌다.

다리를 건너 왼쪽으로 돌아서, 한 번 더 오른쪽으로 돌아서 나왔다. 돈과 여자와 술의 교향곡이 시작된 유흥가다. 그렇지만 위세 좋은 얼굴은 그다지 보이지 않았다. 유흥가를 빠져 나가는 것이 기미의 하숙집에 도착하는 가장 빠른 길이었다.

　그리고 그는 기미의 하숙집을 찾았다.

　기미는 힘없이 2층에 앉아 있었다.

　"이거 어떻게 된 거야?"

　가와모토는 책상 위를 가리키며 수상한 표정을 지어 보였다.

　"스미코가 두고 갔어요."

　기미는 머뭇머뭇 쓸쓸히 말했다. 손에 들어 보니 지폐가 20장 정도 있었다.

　"어떻게 된 거야…"

　가와모토로서는 알 수 없는 일이었다.

　"K씨에게 신세만 져서…"

　기미는 다시 한 번 쓸쓸히 웃었다.

　"가 주실래요?"

　"같이?"

　가와모토는 곤란한 표정을 지었다.

　"다카라야마(俵山) 온천에서 안정될 때까지. 가게 바쁘겠죠? 그래서…"

　"괜찮은데, 당분간은 나도 조금은 걱정이 돼서 말이야."

　가와모토는 종이봉투를 꺼내서 책상 위에 함께 두었다.

　"스미코는 이 돈이 어디서 생긴 걸까?"

납득이 가지 않는다는 얼굴을 했다.

기미는 당혹한 듯 한숨을 쉬었다.

"빌렸다고 얘기했어요. 루나에서 일하는 조건으로…"

"루나? 군지 가게 말이군."

가와모토는 걱정이 되었다. 되돌릴 수 없는 일이라는 생각이 들었다.

"스미코는 수완이 좋으니까 괜찮겠다는 생각이 들지만. 2개월이니까…"

가와모토의 눈에 술에 취했던 그날 밤 군지의 얼굴이 어른거렸다. 곤란하다는 생각이 들었다.

기미는 뒤를 얼버무리면서 고개를 돌렸다.

"괜찮을까…"

"괜찮을 거예요."

스미코는 외출에서 돌아와 아까부터 문 옆에서 두 사람의 이야기를 듣고 있었다. 그리고 방에 들어와서는 괜찮다는 표정을 두 사람에게 지어 보였다.

"나, 야마쿠치로 돌아가지 않고 바로 가도 돼요. 지금 군지한테 전화하고 왔어."

스미코는 숄을 들고 탁탁 쳤다. 1주일간 머물러도 좋다고 말했다.

8.

움푹 파인 바위틈에서 뜨거운 물이 하얗게 흘러 나왔다. 모락모락 주고쿠(中國)산맥 중간에서 뜨거운 물이 솟아났다. 아침 햇살이 반짝반짝 빛났다.

살짝 손에 떠서 코에 대어 보았다. 비린내가 났다.

작은 돌을 주워 탕 속에 던져 보았다. 풍덩 소리를 내며 물보라가 튀어 올랐다. 그 위세는 괜찮다는 생각을 했다.

"아줌마."

온천여관집 아이가 달려왔다. 기미와 사이가 좋았다.

"술래잡기해요."

기미의 손을 잡았다.

"여기야 여기."

아이들은 소리를 지르면서 달려갔다.

　　　•

―49번입니까? 스미짱을…

아 스미짱? 언니한테서 연락이 왔어요 지금 몸 상태가 아주 좋다고…

가와모토는 스미코에게 전화로 알려 주기로 약속하였다.

●

"아줌마, 아줌마."

툇마루 끝에서 아이들이 불렀다.

"저기 가서 놀자."

하얀 머리를 흔들며 할머니가 장지문 그늘에서 얼굴을 내밀어 손을 흔들었다.

"오늘도 아저씨와 놀 수 없는 거야? 심심하네…"

아이는 투덜댔다.

하얀색, 파란색, 빨간색, 반짝거리는 종이봉투의 초콜릿을 받자 기뻐서 갔다.

　●

149번? 스미짱? 언니 그다지 재밌지 않은 모양이야. 자세한 것은 모르겠지만…

가와모토는 염려하듯이 수화기를 놓았다.

맑음. 흐림. 폭풍우의 징조 저기압 바로미터의 침이 이동하듯이 기미의 건강상태는 자주 변하고 있었다.

맑으면 세상 사람들이 하늘을 우러러 기뻐하는 것보다 더 가와모토의 마음은 경쾌해졌다. 흐림이면 걱정이 드리워져 스미코와 얼굴을 마주보고 살폈다. 폭풍우의 징조—가와모토는 몇 번이고 우체국으로 달려가 전보를 조회했다. 저기압—그는 당황해서 문병하러 온천으로 찾아갔다.

"죄송해요. 죄송해요."

기미는 가와모토의 얼굴을 보고 단지 그 말만 하고는 뜨개질하던 재킷을 던지고 눈물을 흘렸다.

울면 안 되는 홀쭉한 볼이 마음에 걸렸다.

"불편해?"

가와모토는 그렇게 말하며 위로했다.

"맨몸으로 태어났잖아요. 이제 와서 포기라니…"

다시 주룩주룩 눈물을 흘렸다.

"그렇게 생각하면 안 돼."

가와모토는 다시 용기를 내게 했다…

"나 잊고 있었는데."

"뭐요?"

"남자였다가 여자였다가 한 것."

"남자와 여자라고요?"

기미는 고개를 갸우뚱했다.

"젠틀 후루야 알고 있지. 나 여자인 척 하고 편지를 썼어. 전의 그 스쿨 걸 알지. 그쪽엔 남자가 되어 또 편지를 썼지.”

“오호, K씨 남자 아니었구나, 호호.”

기미는 웃었다.

“뭐라고 썼어요?”

“동경하는 그대여, 아오키마치(靑木町) 모던 다방 6호 박스에서 내일 오후 5시 그대를 기다리고 있겠어요, 라고. 그리고 몰래 거기에 들어갔었지. 젠틀이 번지르르 차려 입고 먼저 왔어. 아가씨도 왔지. 그리곤 당신 어떻게 온 거야? 당신이야말로! 뭐 이렇게…하여간 연인끼리 화를 내면서 이를 갈더군.”

“호오, 죄는 장난에 있네요, 호호호호.”

기미는 다시 웃었다. 머릿속으로 생각해 낸 일이었지만 기미의 웃는 얼굴을 보니, 가와모토는 안심하고 돌아갔다.

그런데 이런 이야기를 장황하게 써 봤자 재미없으니까 스피드 시대에 어울리게 붓을 재촉해서, 잠깐 가와모토와 스미코의 신변에 대해서 주요 사항을 개괄해서 골라내 본다.

9.

"이번 달, 나 살림이 꽤 힘든데, 가와모토 씨는 어때요?"

야마구치의 스미코한테서 장거리전화가 걸려오자 가와모토는 덜컥 놀랐다.

가와모토의 주머니도 빈털터리였다. 자신을 길러준 숙부는 돌아가시고 의지할 곳 없는 그가 애지중지했던 우체국통장에는 벌써 인출 스탬프가 찍혀 한 푼도 남아 있지 않았다.

이제 어지간한 경제대책으로는 통하지 않았다.

그래서 그는 자신의 직장에서 가불해서 돈을 빌렸다. 그리고는 돈을 벌 수 있는 데는 모조리 짬을 내어, 최대범위까지 행동반경을 연장했다.

이윽고 감이 노랗게 익어 채소가게 앞에 나오기 시작할 무렵, 이 거리에 축제날이 찾아 왔다. 산양본선(山陽本線)에 임시열차가 운행하고 몇 만 명이나 되는 알몸의 사내들이 광분하며 수만의 인파가 몰려들어 이상하게 흥청거리는 관공(管公)-천신제는 1년을 통틀어 가장 많은 돈이 떨어지는 날이다. 점포도 상점도 바도 레스토랑도 모두가 고양이 손이라도 빌리고 싶을 정도로 바빠서 이리 뛰고 저리 뛰어다니는 축제날이 찾아 왔다.

"저는 가두상인은 아닙니다. 선전을 위해 여러분 앞에 서 있습니다. 현대과학의 진보는 대낮의 밝은 곳에도 현상이 가능한 사진기를 세상에 내어 놓았습니다……"

그는 가두판매를 했다.

"좋아! 첨단 카메라맨의 가두진출! 큰 메기가 꼬리를 흔드는구나."

세라판그룹은 지나가는 길에 입에서 나오는 대로 함부로 이야기하며 새로운 발견이나 한 듯 눈요기만 하고 기뻐했다.

사람들이 많이 나오는 이삼일간은 꾹 참고 계속 서 있었다. 하지만 그의 주머니를 채울 기회는 아주 적었다.

그래서 이번에는 지점의 오토바이를 매일 같이 몰아서 주문을 받으러 근처의 거리를 달려 보았다. 그렇지만 월급 외에 그런 수입을 벌 수는 없었다.

겨울이 가고 봄이 왔다…

기미의 몸은 흐린 날이 계속되었다. 하루건너 한 번씩 스미코는 노다(野田)신사에 기도하러 다녔다. 가랑눈이 차갑게 얼굴에 내렸고 이제는 감미로운 봄의 유혹이 피 끓는 그녀의 가슴에 응답했다. 그래도 아주 노력했다.

참배할 때의 스미코—바 루나—그게 아니어도 스미코가 있는 학생가에서는 인기가 있어 엽기적인 모던보이들이 떠들썩했다.

주인인 군지는 기뻐했다.

"50원은 언니에게…"

스미코가 부탁하면 군지는 기분 좋게 주었지만, 언제나 스미코를 살짝 불러 자기 집이 도노미(富海) 욕장 근처에 있으니까 그쪽에서 요양시키는 것이 어떠냐고 말했다. 하지만 의사가 말하길 바다는 나쁘다고 한 데다 다른 곳 월세 정도로 기미 마음에 드는 곳으로 하자는 가와모토와 스미코의 결론에서 군지의 제의는 어느 사이엔가 사라졌다.

그 무렵, 가와모토는 미친 사람처럼 돈을 마련하러 이리저리 돌아 다녔다.

여름이 오고, 또 쓸쓸한 가을이 왔다…

정계에 변동이 오고 경제내각이 바뀌었다. 인근 주조회사 굴뚝의 연기는 하루하루 담흑색으로 변했다. 그리고 끝내 재색으로 변했다.

가와모토는 2층 촬영실 창문 너머로 그 연기를 주시했다. 역시 불경기인가 —주머니를 뒤져 보았다. 허전했다.

창문 밖을 보니 기세 좋게 호외판매자가 종소리를 울리면서 호외를 외치고, 호외를 보는 사람들의 얼굴도 한층 긴장한 듯 보였다.

―무슨 일이지? ―

만주에서 탕탕 하고 총소리가 들려오는 듯 했다. 매일 세 번이고 네 번이고 소란스러운 종소리가 들렸다.

―5사단으로 출근명령 하달 ○○부대 ○○출발―

사람들의 마음은 모두 만주로 날아갔다. 대장부 나카무라 게이타로(中村慶太郎) ―아이들은 깃발을 흔들며 전쟁놀이를 시작했다. 의연금 모집 ―천인침(千人針)32) ―위문의 밤 등등 사회가 긴장했다.

바나 카페는 들어오는 손님이 줄어들어 확실히 적적해졌다.

"곤란하네."

스미코는 요즘 입버릇처럼 군지의 기분이 좋지 않다고 투덜댔다.

10.

"내버려 둬요. 이미 늦었잖아요."

가와모토는 얼굴을 찌푸리면서 돌을 찼다

"아니…"

스미코는 몸을 흔들면서 과일가게 할아버지에게 사과 3개를 받

---

32) 출정군인의 무운을 빌기 위해 천 명의여자가 한 장의 천에 붉은 실로 한 땀씩 뜬 것(군인들은 이것을 가지고 전쟁에 나갔다).

아 핸드백에 서둘러 넣었다.

이 무렵 가슴이 막힌 것 같아서 밥이 맛이 없고 과일이라면 가슴이 좀 편해진다고 했다.

트렁크 하나 들지 않아 여행 준비로는 보이지 않았다. 여관 민박의 문 옆에 자동차를 세웠다.

가와모토는 자동차에서 뛰어 내려 정중하게 맞이하는 여관 사람들에게 병자에 관해서 물었다. 종업원들은 잠자코 고개를 숙였다.

"아줌마, 죽었어."

기미와 사이좋게 지냈던 민박집 아이가 기미의 샌들을 이상하게 신고는 나무 문에서 나왔다. 하인 옆에 서서 이마를 찌푸리면서 그렇게 말했다.

역시…… 가와모토는 실망했다. 스미코는 가만히 고개를 돌렸다.

안쪽 문으로 들어가자 여주인이 나와 조금만 빨랐더라도 하면서 안타까운 표정으로 멀리 떨어진 장지문을 가리켰다. 그리고 5시쯤 급히 각혈을 하더니 심장마비가 왔다고 했다.

그리고 여주인이 가와모토에게 기미의 이별인사를 전해 주었다.

—미스터 K. 그리고 스미짱. 어떻게 고마움을 전하면 좋을지

모를 정도로 너무나 큰 신세를 져서 미안합니다. 이제 저는 멀리 갈 듯 합니다.

미스터 K, 활기차게 웃으면서 헤어지고 싶어. 그리고 재즈가 좋아졌어. 큰소리로 내 머리맡에서 내가 좋아하는 기타를 치면서 불러 주기를 바라요.

스미짱. 군지란 남자, 부도덕한 인간일지 모르지만 악인은 아니라고 생각해. 모두 사이좋게 지내—라는 것이다.

벽장에 놓인 한 떨기 들꽃이 눈물이 떨어지듯 져 버렸다.

11.

그날 밤은 맑은 밤이었습니다. 밀려오는 작은 파도는 발밑에서 부서지며 조르르 소리를 냈습니다. 멀리서 들려오는 아름다운 멜로디는 파도 저편으로 사라져 갔습니다. 희미한 안개. 청명한 달에 금빛 은빛 파도를 넘어, 연인들의 가슴에 울리는 나폴리의 조용한 모래사장이 생각난 두 사람은 그 노랫소리에 맞추어 작은 소리로 노래하면서 사박사박 모래를 밟으며 방황하였습니다.

가와모토는 창에 기대어 지점 2층에서 저물어 가는 만추의 산 저편 하늘을 바라보면서 감상에 젖은 나날을 보냈다.

　그래서 실연으로 비틀거리는 젊은이들이 넘쳐나는 경로를 서투르게 쓰는 일은 그만두기로 하고 그런데 가와모토는? 이라고 한다면……

　연말이 다가 오자 불경기인 가운데에서도 침체된 우울함이 살짝 종종걸음으로 저편으로 자취를 감추었다.

　"미스터K, 그렇게 취해서 되겠어?"

　"내버려 두세요."

　가와모토는 머릿속이 텅 빌 때면 바 루나의 스미코를 찾아와 하이네의 시편―사라져 가는 것은 아름다운 것이라며 앞뒤가 맞지 않는 말을 반복해서 외쳤다.

　평범하다. 그렇지만 평범한 것만큼 가와모토가 괴로워한 것은 확실하다.

　그 무렵 스미코는 '마담'이라고 불리며 학생들에게 인기를 모으고 있었다.

●

　어느덧 시간은 흘러 1932년.

　"그래서 Y사진관에서 휴가를 얻어, 갑자기 행선지도 말하지 않고 날아가 버렸다는데, 벌써 2주나 되었지만, 소식이 없어."

그렇게 말하고 마담 군지는 걱정스럽게 나의 얼굴을 보았습니다.

짐작 가는 데가 없냐는 것이지요.

여러분, 가와모토라는 남자에게 짐작할만한 것이 있을까요?

●

만약 마드모아젤 기미가 한 번 더 바 팰리스의 네온 그늘 아래에서 입술에 꽃을 피운다면, 몬샤 군지는 세간의 소문처럼 선인이 될 수 있었을까요? ─라고 나는 그런 생각도 해 본 적이 있습니다.

●

눈물로 막을 내리는 것은 요즘 유행에는 맞지 않는다고 하지만 이런 것이 나뒹굴고 있는 것을 주워 본 것일 뿐입니다.

* 『朝鮮公論』, 1932.10

‖ 실화 ‖

도둑맞은
여급의 일기장

●

아카베 미쓰코(赤部三光)

경성

1.

네온 라이트의 전당 카페 바에 방자한 사랑의 스텝을 밟는 시대의 총아, 그녀들. 예찬과 비방의 급격한 착종을 전신에 모으며 거리의 생활을 고혹적으로 분식(粉飾)하는 요어(妖魚)의 그녀들. 시대의 풋 라이트가 화려하게 그녀들의 생활을 사회의 첨단에서 매도한 지 벌써 10여 년의 세월이 흘렀지만, 그녀들이 품고 있는 여심은 오늘날에도 여전히 풀 수 없는 수수께끼가 되었다. 어쩌면 남자에게 있어 모든 여심은 영원한 수수께끼일 것이라고 한다면, 그녀들의 여심 또한 수수께끼가 아니고 무엇이랴. 경성 카페거리 메이지초(明治町)의 한 구석, 지금 신건축중인 서양극 전문의 활동

사진관 옆, 물론 일류 클래스와는 상당히 거리가 먼 M카페, 그 M의 숨겨 놓은 꽃 아야코(綾子)여. 나는 그대들의 방에서 우연히 그대의 일기장 한 권을 몰래 훔쳐 주머니에 숨겼다. 말할 것도 없지만 세상에 드문 그대들 여심의 문을 기탄없이 개방하여 드러내 보이고 싶다는 엽기심에서…… 나쁘게 생각마시길, 그대여!

가을 화창한 오후 1시 무렵.

모던 보이 R군과 나, 둘이서 M카페의 문을 열었다. 어두침침한 홀은 텅 비어 있어서 거의 공허상태. 대상물인 그녀들의 모습을 발견할 수 없는 우리 두 사람의 눈은 바로 갈 곳을 잃었다. 다만 직원 세 명이 콧노래를 부르며 홀 벽지를 다시 바르고 있었는데 우리들은 쳐다보지도 않는다. 두 사람은 박스에 들어가 담배연기를 내뿜기 시작했다. 이 M카페에 처음 와 본 나는 우울.

"이 사람들 2층에서 낮잠 자고 있는 것 아냐?"

하지만 최근 이 카페의 주인들하고도 친해진 것 같은 우리 R군은 내 질문에는 그저 "음음…" 하고 아무렇게나 대답하면서 박스에서 일어나더니, 그대로 안쪽으로 걸어 들어가 사라졌다.

담배연기가 만들어낸 도넛, 직원들의 콧노래, 한낮의 카페의 공허, 수 분 경과… 갑자기 왼손에 한 권의 노트를 흔들며 R군이 내

앞에 나타났다.

"특종감이야! 특종감! 이것 팁 일기장."

우연히 내 육감이 급속도로 활동을 개시한다. 그와 거의 동시에 2층에서 시끄러운 펠트 조리 소리가 나더니 계단 쪽으로 계속해서 들려 왔다. 나는 R군의 손에서 재빨리 그 노트를 빼앗아 주머니에 숨겼다.

"어머 언제 오셨어요? 전혀 몰랐어요."

그곳에서 그녀들의 하얀 얼굴이 우리들 가까이에 다가왔기 때문에 우리들은 한동안 회화 레슨을 시작할 수 있었다.

R   "언제 왔냐니, 이건 거의 실례야. 서비스에 좀 더 신경을 썼음 해."

그녀   "치, 바보 같이!"

나   "이 작자는 얼굴은 꽤 생겼지만 어쨌든 팁에 인색하다는 결점이 있지. 너희들 많이 공략해도 돼."

그녀   "인기, 그렇지. 억울하면 1년에 한 번이라도 2, 3원 정도 팁을 놓고 가세요.

그녀(나를 보고) "이런 사람과 함께 카페를 돌아다니면 못 써요."

나(마음속으로) "뭐라구 못 쓴다구? 네 팁 장부가 내 주머니에 숨겨져 있다구."라고 속삭인다.

R   "바보 같은 소리 하네. 팁은 그렇게 닦달하지 않아도 돌아갈 때 항상 제대로 지불했다구. 홍차 두 잔!"

우리 앞에 홍차 두 잔이 날라져 왔다.

나   "어쩐지 불경기 같은데."

그녀   "불경기죠. 하지만 작년보다는 올해가 좀 나아요."

R   "작년보다 낫다니 대체 뭐가 낫다는 거야. 그게 결국 팁이 좋다는 뜻이겠지?"

그녀   "짜증나네, 이 사람! 하지만 결국 그런 말이 되겠네요."

나   "그래서 대체 얼마 정도 된다는 거야?"

그녀 (상당히 과감한 모습) "8월은 30원 조금 넘었어요."

R   "째째하긴. 얼마 전까지 여기 있었던 다즈코(タズ子), 개도 매달 평균 백 3,4십 원은 됐다고 하지 않았어?"

그녀   "그건 그래요. 하지만 그 사람은 따라갈 수 없어요."

나   "그런 걸 대체 어떻게 알지? 매일 팁을 어딘가에 차곡차곡 적어 두나?"

그녀   "네 그야 착착 적어 두고 있죠."

나   "대단한 걸."

그녀   "하지만 대부분 여급들은 모두 매일 적어 둬요."

R   "흠, 한심한데."

그녀 아야코여. 나는 네 노트를 잠깐 실례해 갖고 돌아가서 열심히 읽었다. 노트는 원고용지를 철한 상당히 질이 좋은 것이었다. 한 번 읽어 보고 놀란 것은 팁에 관한 기록은 뒤에 적혀 있었는데, 앞쪽에는 그녀들이 일지와 편지로 끈기 있게 페이지를 채우고 있었다는 사실이다. 다시 말하지만, 나쁘게 생각 말길! 아야코! 나는 그 노트의 일부분에서 읽기 어렵게 연필로 흘려 쓴 흔적을 좇으며 한자를 집어넣고 탈자를 정정하여 원문 그대로 여기에 발췌해서 소개하겠다.

2.

일기는 1933년 3월 23일 금요일 맑음으로 시작한다. 그날 그녀는 혼자서 활동사진을 보러 갔는데, 왜인지는 모르겠지만 어쨌든 별 재미가 없었던 것 같다. 자 그럼 이제 빨리 그녀 이야기를 들어 보자.

×월 ××일

아픈 내 마음은 아무도 모른다. 가슴속 비밀. 나는 사랑에 살고 싶다. 하지만 사랑 같은 건 없는 것 같다. 설령 있다고 해도 여급이기 때문에 버려야 한다. 내가 진실한 마음을 갖고 남자에게 정성을 다해도 소용없다. 남자라는 동물은 여자를 가지고 놀면 그뿐 아무 생각이 없으니까. 남자는 모두 글러먹은 존재다. 여자의 생명이 되는 정조를 빼앗기만 하면 그것으로 만족한다. 또한 여자를 구슬러서 마음을 기쁘고 혼란하게 헤집어 놓고 결국은 차 버린다. 남자는 모두 그렇다. 우리 여자들은 직업에 있어 용감하게 남자에게 지지 않도록 싸워 나가야 한다.

남자든 여자든 같은 인간이다. 남자에게서 학대받을 필요가 없다. 세상의 여자들이여. 당당하게 자신이 생각하는 대로 나아가기를 기도하라. 하지만 일단 아내가 되면 어느 정도는 남자에게 복종해야 한다.

×월 ××일

오늘은 하루 종일 재미있게 지냈다. 가게는 바쁘지 않았지만 어쩐지 재미있었다. 병사가 와서 나는 그 사람을 생각했다. 빨리 일요일이 됐으면 좋겠다. 그리고 그 사람과 즐겁게 놀고 싶다. 난 그 사람이 좋다.

×월 ××일

그 사람에게서 편지가 오지 않아 하루 종일 우울하다. 무슨 일인지 화를 내는 것 같다. 그 사람은 나를 조금밖에 좋아하지 않는 것 같다. 나는 많이 좋아하는데. 그리고 그 사람을 생각하고, 언니를 생각하고, 어머니를 생각했다. 사랑만 있다면 부모 형제는 잊을 수 있다. 사랑에는 대단한 힘이 있다.

×월 ××일

여급이 뭘까. 여급이라도 같은 인간이 아닌가? 부모를 위해 아니면 남들에게 말 못할 고충이 있기 때문에 재즈와 술에 친해지면서 그 고충을 잊으려고 노력하는 것이다.

하지만 세상은 그렇게 봐 주지 않는다. 여급이라도 역시 사랑도 하고 연애도 한다. 여급이기 때문에 사람들로부터 무시당

하고 경멸당하고 마음속에서는 울면서도 얼굴로는 웃으며 지내
야 한다.

여급을 하고 있어도 마음까지 여급인 것은 아니다. 표면적으
로 보면 여급은 화려하고 행복해 보이겠지만, 언제나 마음속에
서는 울고 있고, 그리고 여러 손님을 상대하며 슬픈 생활을 하
고 있다.

여급이라는 이름하에 강하게 살아가야만 한다. 세상의 박해
와 싸우며 강하게 살아가야지.

×월 ××일

오늘 낮에는 슬펐지만, 밤에 ○○가 찾아와서 기뻤다. 과음
을 해서 취하고 말았다. 일찍 자야지.

×월 ××일

어머니 좋음

아버지 바보

오빠 좋음

언니 좋음

남동생 좋음

×월 ××일

J.O.A.K 여기는 M합숙방송국입니다. 하루의 일과를 끝낸
우리들은 눈물로 춤을 추는 피에로의 옷을 벗어던지고 잠시나
마 해방되는 시간이 찾아왔습니다. 이 유쾌한 시간을 이용하여

161

지금부터 내막폭로 방송을 시작하겠습니다. 일동은 지금 강벌판의 거지보다 약간 나은 스타일로 각각 개성을 발휘하고 있습니다. 몸에 실오라기 하나 걸치지 않은 분도 있습니다. 축음기가 울립니다. 이제부터 댄스, 댄스, 또각 또각 또각.

3.

이제 그녀들의 편지인데 이 노트 안에 약 10통의 편지가 있다. 하지만 그 편지는 말할 것도 없이 그녀들이 쓴 그대로로, 부치지는 않았음에 틀림없다. 그 반대로 군데군데 페이지가 정성들여 찢겨져 나간 곳이 보이는 것은 하느님, 대체 어찌된 일일까? 또한 수신인이 각 편지에 따라 다른 이름으로 되어 있는 것을 읽고 나는 나도 모르게 미소를 띠지 않을 수 없었다. 편지 중에는 필적이 다른 것도 한두 통 있는데, 어쩌면 그것은 동료들이 이 공책을 빌려 쓰고는 그대로 부치는 것을 깜빡 잊어서 그런 것 같다. 아, 그리고 여기저기 페이지에 그 남자들의 주소와 성명이 또렷하게 적혀 있지 않은가! 세상의 바람둥이들이여. 나는 지금 그저 당신들의 다행을 기도하겠다.

×××× 씨께.

편지 감사합니다.

저는 작년 12월에 경성에 왔으니까 1년은 여기에 있다가 돌아가고 싶어요. 그러니까 올해 말까지는 기다려 주세요. 하지만 어쩌면 올해 안에 돌아갈 수 있을지도 몰라요. 당신도 마음변하지 말고 건강하게, 일 잘하고 계세요. 저는 여기에 와서 살이 많이 빠졌습니다. 너무 걱정을 해서요. 저는 항상 당신을 잊지 못하고 있습니다. 멀리 떨어져서 일을 하고 있어도 마음을 합쳐 열심히 일 해서 스위트 홈을 만들어야지요. 답장 주세요.

×××× 씨께.

편지 정말 반갑게 읽었습니다. 저는 하룻밤 내내 안고 잤어요. 제 머리카락을 부적에 넣어 간직하고 계시는 군요. 저 너무기뻐서 눈물이 났습니다. 그렇게 말씀하시니 저도 고백을 하겠어요. 왜 언젠가 밤에 당신이 저를 예쁘다며 팔을 꼬집으셨잖아요. 그 흔적이 아직 남아 있어요. 저 될 수 있는 한 그것이없어지지 않게 하고 있어요. 매일 밤 거기에 키스를 하며 자요. 당신을 꿈에 그리며 잠이 듭니다.

×××× 씨께.

친절한 편지 감사하게 받아 보았습니다. 빨리 답장을 해야지라고 생각했는데 늦어졌습니다. 미안해요. (…중략…)

저는 지금 경성에 홀로 있어요. 언니는 내지로 돌아갔고, 또영등포에 있던 언니는 하얼빈으로 갔어요. 어느 누구 하나 의

지할 사람이 없네요. 당신이 저를 사랑하신다면 돈을 좀 마련해 주세요. 빚 이야기를 하는 것은 부끄러운 일이지만 여비에 백 원만 더 있으면 모든 것을 깨끗이 해결할 수 있어요. 지금 경성은 아주 불경기예요. 돈을 보내 주시면 받는 대로 당신에게 날아갈게요.

4.

연심을 털어 놓는 그녀들은 매우 많지만 그렇다고 해서 팁을 솔직하게 털어 놓을 사람이 누가 있을까? 아니! 아니! 천만 부당! 그녀들 여심이 수수께끼이면 일수록 그 팁은 더 큰 수수께끼가 될 것이다. 팁과 그녀들의 연심…… 결코 무례한 이야기를 하는 것이 아니다. 하지만 나는 지금 솔직히 그녀의 노트를 볼 것이다.

	받은 돈	사용
3월 23일	1원 40전	1원 5전
24일	1원	(넣음)50전, 40전
25일	1원	(넣음)50전
26일	3원	(넣음)50전
27일	60전	(넣음)50전
28일	35원	(넣음)50전
29일	30원	2원 10전(중 50전 넣음)
30일	50전	(넣음)50전
21일	2원	(넣음)50전
계	10원 5전	7원 5전

일지처럼 그녀의 팁계산표는 3월 23일부터 정확히 시작된다. 그녀의 이 9일간의 수입은 도합 10원 5전, 지출이 7원 7전, 즉 그녀는 3원을 남기고 4월의 봄을 맞이한 것이다. 또한 이 계산 중 (넣음)이라는 표시가 붙은 것은 M카페에 대한 빚을 지불한 금액을 말하는 것 같다. 이 달 그녀는 50전을 8회 갚아서 도합 4원을 납입했다.

6월까지는 대략 비슷한 노트가 계속되고 있다. 하지만 그녀들의 여름카페는 말랐다. 팁이 말랐다.

	받은 돈	사용
8월 1일	1전	15전
2일	2원	7전
3일	10원	1원 45전
4일	85원	10전
5일	2원5전	없음
6일	50원	30전
7일	25원	110전
8일	5전	10전
9일	2원25전	21전
10일	25전	21전

*『朝鮮及滿州』, 1933.10

강변의 추억
동반자살

●

야마테라 조지(山寺讓二)

이대로 아무 말 말고 아무 이야기도 말고
이대로 헤어져서 다시 만날 날까지

1.

그것은 아무도 모르는 항구의 아가씨들이 부르는 슬픈 노래였
다. 카페 엔젤의 가수 미네코(峯子)는 창가에 기대어 저물어 가는
포도에 떨어지는 빗발을 바라보며, 이 슬픈 노래를 혼자 부르고
있었다.

창가에서 바라보는 거리의 풍경—그것은 단 몇 분 몇 초고 멈
추지 않는 이동의 연쇄였다. 젖은 전차, 노랗게 물들어 가는 가로
수, 우산을 쓰고 지나가는 사람들의 무리, 멀리서 가까이서 명멸
하는 네온사인, 그 모든 것들이 조용히 어둠에 싸여 간다. 미네코
의 가슴에 이런 쓸쓸한 풍경이 녹아들어 오자 자신도 모르게 잡다

한 감정이 뒤섞여 스무 살이 된 오늘날까지 살아온 과거의 추억이 마치 주마등처럼 스쳐 지나간다.

 —그녀는 본명은 김갑순(金甲順)이라 하며 경성 출신이다. 집안은 가난한 조선인의 딸이었다. 보통학교에 진학하고 얼마 안 있어 귀여워하던 아버지가 돌아가셨다. 슬펐다. 진정으로 슬펐다. 철이 들어 한창 예쁜 옷을 입고 싶은 열여섯 살, 전통의 인습으로 인해 낯선 집으로 시집을 갔다. 그곳에서는 노예처럼 일을 부려 먹었다. 또한 어머니가 그리웠다. 진정으로 남자를 사랑하는 것이 무엇인지 모르는 채 예쁜 딸아이가 태어났다. 아이는 진정 사랑할 수 있었다. 하지만 너무나 가난한 데다 아무래도 남자를 사랑하는 마음이 생기지 않아 아이를 데리고 친정으로 돌아왔다.

 가난한 자신의 집, 그리고 딱하게도 연로한 어머니의 얼굴을 보자 더 이상 가만히 있을 수 없었다. 사랑하는 아이를 위해서라도 일을 해야만 했다. 생각 끝에 마침내 술집에서 밤에 춤을 추는 여급이 되었다. 햇수로 1년 3개월, 몰려드는 남자들의 무리를 아랑곳 않고 돈을 벌어야만 했던 자신이었다. 하지만 현재의 자신의 모습은 어떠한가. 집을 잊고 아이를 잊고 태어나서 처음으로 알게 된 남자에 대한 연정, '술집의 사랑이다'라고 몇 번이고 체념하려 했지만, 아무래도 잊을 수 없는 사람, 노병운(盧秉雲)! —

미네코는 추억의 실타래를 더듬으며 마침내 사랑하는 사람의 이름을 낮게 부르다, 문득 제정신을 차리고 몸서리를 칠만큼 슬퍼하며 괴로워했다.

비 내리는 거리는 완전히 저물고, 전차소리는 울며 사라지는 것처럼 쓸쓸하게 들린다. 미네코는 아무 말도 하지 않고 아무 이야기도 하지 않고 모든 것을 어두운 가슴속에 담아 두고 억지로 명랑해지려고 애썼지만, 걸핏하면 우울한 기분에 사로잡히는 것은 어쩔 수 없었다.

2.

미네코, 즉 김갑순은 재즈 광조곡에 오색술이 술잔에 부어지는 카페 홀에서 양장이 딱 어울리는 미모의 여자였다. 올해 스무 살로 미모에 더해 타고난 미성(美聲)의 소유주였다. 그녀가 한번 술집에 나타나자, 조선의 긴자라는 이름을 가진 서울의 동맥선인 종로 거리에서는 소문이 소문을 낳아 끓어오르는 인기로 인해, 그녀는 얼마 안 있어 술집 가수로서 여급으로서 여왕의 자리에 앉게 되었다.

눈이 녹기 시작한 올 2월 초였다. 어머니를 부양하고 헤어진 남편과의 사이에서 태어난 아이를 기르기 위해 여급이 되었고, 종로의 카페 '태평양'에 있다가 전차금 510원에 종로에서도 첫째가는 '엔젤'로 옮겨갔다.

그녀는 그곳에서 수많은 남성들에게 둘러싸여 일약 스타가 되었고, 주위의 간절한 부탁으로 조선의 극장 단성사 등의 무대에서 스포트라이트를 받으며 몇 번이나 독창을 한 일이 있다.

마치 꿀이 있는 곳에 벌떼가 모이듯이, 그녀 곁에는 마침내 야망의 손톱을 세운, 자본가 청년, 학생, 혹은 고액 월급을 받는 사원들이 몰려들었고, 그녀의 환심을 사기 위해 밤마다 '엔젤' 홀에 나타나게 되었다.

미네코는 그러한 수많은 남성들 중에서 노병운이라는, 올해 스물다섯 되는 조선인 청년 한 명에게 언제부터인가 연정을 품게 되었다. 그 청년은 경성제국대학 의과출신으로, 부속병원인 시노자키(篠崎) 내과에서 조수로 연구를 하고 있던 청년의학사이다. 그는 미목수려(美目秀麗)하고 또한 입이 무거운 천재기질의 청년이었다.

3.

노병운은 고향 함북에 처가 있었다. 그것은 조선의 오래된 습관에서 결혼한, 부모의 의지에 의한 결합이었기 때문에 근대교육을 받은 그에게는 아무래도 재미가 없었다. 그는 상경(경성)하여 대학에 적을 두고 있는 동안 우연히 인텔리 여성 한 명과 알게 되었고, 만족스럽지 못한 과거의 결혼생활을 보충하고자 하여 연애에서 바로 동거를 하게 되었다.

두 사람 사이에는 사랑의 보금자리가 만들어졌다. 따뜻한 행복의 나날이 계속되었고, 그는 오로지 연구와 학문에 힘을 썼다. 세월이 흘러 두 사람 사이에는 아이까지 태어났고 작지만 아오바초(靑葉町)의 그의 문화주택은 환희가 흘러 넘쳤다.

재인 다감하고, 호사다마라 했던가? 그도 예외는 아니어서 친구들이 이끄는 대로 어느 날 밤 술집 '엔젤'에서 술잔을 기울이게 되었다. 그는 그곳에서 처음으로 여왕 미네코—김갑순의 미모와 노래에 매료되었다.

그것은 날이 풀리기 시작한 3월이었다. 이후 노병운은 미네코의 옆얼굴에 타오르는 정열의 꿈을 품게 되었다. 그는 사람들의 눈을 피해 홍등 '엔젤'에서 녹주를 마시며 미네코와 서로 이야기를 나누는 날이 많아졌다.

작년까지 전적으로 사랑을 바치던 남편이 아오바초의 자택을 비우는 날이 많아지고 게다가 수심이 가득한 얼굴이 되어 갔기 때문에, 그의 처는 남편 노병운의 행동을 주시하기 시작했다. 즐거웠던 가정도 날마다 차가운 공기가 떠돌기 시작했다. 남편 노병운도 아내도 우울한 날이 계속되는 것이 견딜 수 없을 만큼 괴로웠다.

4.

흐린 봄날에서 관능적인 신록의 초여름으로, 자연의 생물은 무럭무럭 뻗어갔다. 그에 조응하여 미네코와 노병운의 사랑 역시 뜨겁게 타오르고, 두 사람은 틈을 내어 자주 교외를 산책했다.

카페 엔젤의 여왕 미네코가 그렇게 사랑에 빠져 있다는 소문이 거리에 떠돌아도 그녀의 인기는 조금도 식을 줄 몰랐다. 그것은 그녀의 미모와 순정이 늘 모든 사람들을 대상으로 호감을 갖게 한 이유도 있었겠지만, 여왕의 자리에 있으면서도 절대로 교만하지 않은 그녀였기 때문이다. 그리고 그녀의 독창에는 수많은 팬들까지 생겼다. C 레코드회사는 그녀에게 '조금 더 공부를 하게 해서 전속 가수로 하고 싶다'는 희망을 이야기해 왔다.

하지만 미네코는 감히 그렇게 할 수 없었다. 멀고먼 미래에 대한 성공욕보다 그녀는 노병운과 사랑을 이야기하는 것이 유일한 삶의 보람이었기 때문이다.

노병운 역시 매일 연구실에서 흰 가운에 싸여 약품 시험관을 잡고 양서의 페이지를 넘기고 있었지만, 모순되고 심란한 애욕의 연옥에서 스스로를 불태우며 해결할 수 없는 고통의 나날을 보내고 있었다.

고향의 본처—엔젤의 미네코—이와 같은 여성들이 삼파가 되어 뇌리에서 왕래한다. 그는 날마다 우울증에 걸려 있었고, 한편으로는 타오르는 미네코에 대한 사랑의 불길을 주체할 수 없었다.

미네코—김갑순은 사랑을 알고, 그리고 그 사랑에 취했다. 하지만 노병운의 환경을 조용히 보고 있자면 소위 두 가정을 유지하는 것은 도저히 용납될 것 같지 않았다. 강한 체념의 마음을 불러일으켜 보아도, 아무 말도 하지 않고 모든 것을 어두운 가슴속에 담아 두고 다시 만날 날까지 이대로 헤어져야지 라고 슬픈 자위의 노래를 읊조려 보아도, 이룰 수 없는 사랑이라고 생각하면 더욱더 청년 의학사 조병운이 그리워 견딜 수가 없었다.

모순과 고뇌에 정신을 차리지 못 하는 이 두 영혼이야말로 상극의 괴로움이라는 말로 표현해야 할 것이다. 서로 원해서 빠지게 된 사랑의 세계라고는 해도 운명의 장난이라고 하기에는 그들의 경우에는 좀 너무 복잡했다.

5.

자연은 마침내 우수를 자아내는 가을녘으로 옮겨갔다. 생물은 생명의 영위를 정지하고 조용히 겨울잠 속으로 빠져들어 가는 조락의 길을 걸으며 자신의 생명을 하늘에 맡기고 있었다. 두 사람의 사랑도 생물과 마찬가지로 자라나 오늘날에 이르렀지만, 번뇌는 마침내 사랑을 이어주는 혈로(血路)를 찾지 못하고 조락의 가을날 패배의 노래를 연주하며 냉정하게 헤어져서 제각각 천국으로 서둘러 가는 결과를 맞이하고 말았다.

두 사람의 사랑은 맑고 순수했다. 하지만 두 영혼은 비뚤어진 현실의 세상과 맞서 싸울 수 없었다. 이에 극명하게 자살한 두 사람의 모습을 그대로 옮겨 다감한 사랑의 감격을 불러일으켜 보고자 한다.

6.

그날 밤은 가을비가 추적추적 창문을 두들기고 있었다. 미네코는 이루마라는, 그녀를 진심으로 연모하는 자산가 청년의 테이블에서 시중을 들고 있었다.

—미네코, 나는 이제 단념하겠어. 외롭지만, 사랑은 노병운에게 양보할게. 하지만 진정 나는 너의 모습을 영원히 잊을 수 없어. 얄궂은 슬픈 운명이지. 하지만 딱 한 가지 너에게 부탁이 있어. 그것은, 나라는 남자가 진심으로 사랑을 바쳤다는 사실을 추억의 하나로 기억해 주었으면 하는 것이야……

　—루마, 그런 슬픈 이야기 하면 안 돼요. 당신이 내게 바친 사랑, 그것은 나도 잘 알고 있어요. 하지만 나는 당신을 알기 전에 노병운을 먼저 알았어요. 그리고 노병운을 잊을 수 없는 감정이 아직도 요동치고 있어서, 정말이지 당신에게는 미안한 줄은 나도 잘 알고 있어요. 모두 고마워요. 그리고 루마 정말로 진심으로 미안해요.

　사랑하는 사람이 없는 술집만큼 미칠 것 같은 것은 없다. 하물며 이룰 수 없는 사랑을 간직하고 있는 술집의 여자는 괴로워서 견딜 수가 없었다.

　—루마, 이제 아무 말 하지 말아 줘요. 오늘 밤 저는 너무 외로워요. 첫 결혼에 실패하고 아이를 안고 살아가야만 했던 나는 도저히 어쩔 수 없는 사랑의 포로가 되었어요. 동으로 서로 어렸을 때부터 가난한 방랑의 생활을 했어요. 무엇 하나 행복한 추억이라곤 없는 저였죠. 부산의 내지인 집에서 애보기를 하던 무렵, 하루

하루 괴로운 나날들이었어요. 지금 나는 노병운에게 사랑을 바치고 있지만, 이것도 슬픈 추억으로 끝나는 것은 아닐까 해서 항상 불안하죠. 하지만 루마는 진정 저를 이해해 주는 친구예요. 저 감사하고 있어요.

—자, 미네코 그런 일 다 잊어 버려. 술집이란 곳은 취하라고 있는 거지. 그리고 노래가 있지.

7.

가수 미네코는 이 사람 좋은 가련한 사람 루마의 보호를 받으며 오색술에 취했다. 그리고 피를 토할 만큼 노래를 불렀다. 그 노래는 모두 비통한 것뿐이었다. 이 가수가 미쳐 부르는 노래에 수많은 여급들도 떠도는 손님들도 빨려들어 갔다. 재즈 레코드로 되살아나는 그녀의 노래에 많은 사람들은 눈물까지 흘렸다.

아마 미네코는 이때 이미 자살을 각오했던 것 같다. 화려한 홀에서 마지막 노래를 부르고 다른 여급들과 따뜻한 악수를 나누고는 정신없이 취한 모습으로 자신을 숨기며, 자택이 있는 견지동으로 돌아가겠다며 10시 2분 정도 엔젤의 문을 뒤로 하고 가을비에 젖은 포도로 쓰러지듯 나갔다.

그녀는 그곳에서 자동차 한 대를 불러 세워 취한 채로 올라타려 했다.

　루마는 취한 미네코가 걱정이 되어 다른 친구 한 명과 함께 그녀가 탄 자동차에 억지로 올라타서 바래다주려 했다. 자동차는 비에 젖은 거리를 달렸다. 그녀는 소리를 쥐어짜며 '서쪽으로! 서쪽으로! 한강으로 가 주세요!'라고 명령했다. 취해서 그런 것인지 아니면 마음속에서 우러나와서 그런 것인지 그녀는 애인 노병운의 이름을 정신없이 불러댔다.

　세 사람은 한강 인도교에서 자동차를 내렸다. 비는 세 사람에게 차갑게 쏟아졌다. 루마는 미네코에게 어깨를 빌려주려 했지만 듣지 않았다. 미네코는 루마와 다른 남자가 세 발자국 앞에 걷지 않으면 걷지 않았다. 아무 말 없이 걸었다. 다리를 다 건넜다가 다시 되돌아 와서 반 정도 왔을 때 루마와 다른 한 사람이 뒤를 돌아보니, 미네코는 괴로운 듯이 난간에 기대어 강물위로 토하고 있었다. 두 사람이 한두 발자국 다가선 순간 그녀는 몸을 날려 소용돌이치는 한강으로 투신했다.

　루마는 깜짝 놀라 제정신이 아니었다. 그가 무의식적으로 구조를 하려고 옷을 잡으며 뛰어들려는 것을 다른 한 사람이 있는 힘껏 제지하는 한편 구조를 요청했다.

11시 20분에 급보를 접한 엔젤의 니무라(新村) 지배인은 보이를 대동하고 현장으로 급히 달려갔고 경찰 역시 직행했다.

어둠 속에서 몇 개의 불빛이 움직였다. 가을비가 추적추적 내리는 강물 위에 수사선 여섯 척이 우왕좌왕하고 있었다. (한강에서는 투신자가 있어도 사공들이 익숙해져 있어서 바로 구조를 하기 위해 출동하지 않는다. 물론 수사비가 많지 않으면 자유롭게 움직이지 않는다. 또한 인도교에서 사람이 투신하면 강바닥이 소용돌이를 치고 있어서인지 반시간 정도는 10칸 이내에서 떠돌고 있는 것이 보통이다.)

불안해진 사람들이 다리 위에서 강물 위를 바라보고 있다. 시시각각 사람들이 늘어나고 있다. 모든 사람들이, 종로에서 가수로서 이름을 날린 그녀의 말로를 알고 싶었기 때문이다. 12시가 넘어서도 시체는 떠오르지 않았다. 그 무렵 엔젤의 여급 반수인 서른 명은 친구의 죽음을 애도하며 자동차로 몰려들었지만, 서로 같은 처지이기에 동정은 바로 눈물로 바뀌고 언제 자신의 말로가 이렇게 될 줄 모른다는 사실을 슬퍼하며 화장을 한 얼굴을 수그리고 미모의 여급 서른 명의 일단이 소리를 죽여 가며 우니 늘어서 있던 사람들 중에 따라서 울지 않는 사람이 한 명도 없었다.

새벽 3시 45분 다리 위에서 1정 정도 하류에서 미네코의 시체가 발견되었다. 노량진 강변으로 시체를 옮겨 놓고 의사가 주사를 여덟 대나 놓았지만 그녀는 결국, 연인이 있는 현실세계로 돌아오지 못 했다. 유서 한 장, 유언 한 마디 남기지 못 한 채 스스로 쓸쓸히 체념하고는 혼자서 눈물을 삼키며 어머니와 사랑하는 아이와 그리운 사람 노병운을 남기고 스무살 꽃다운 미모를 미련 없이 내던지고 저 세상으로 길을 떠나고 말았다.

아침이 되어서야 생전의 연인 노병운에게 급보가 갔지만, 그날 밤 그는 대학에 있었기 때문에 아무 것도 몰랐다. 그는 그저 망연자실하여 실신할 만큼 놀랐다.

다음날 27일, 친구 여급들은 장례비용을 갹출하여 아낌없이 도왔다. 노병운은 그날 오전 내내 혼자 쓸쓸하게 방에 틀어박혀 있었다. 연인의 마지막 모습을 보고 싶었다. 하지만 그에게는 심각한 번민을 벗어날 결심이 있었기 때문에 한나절 동안 명상에 잠겨있었다.

미네코— 김갑순의 어머니는 노병운을 고소하기 위해 경찰서에 갔다. 노병운 역시 그곳에서 어머니를 만나고 서로 이야기를 해보니 이유가 없었기 때문에 어머니도 고소를 단념했다. 그리고 나서 노병운은 모두와 함께 미네코의 시체가 있는 한강변으로 향했다. 그리고 인도교 중간쯤, 미네코가 투신한 곳으로 짐작되는 지점에 다다른 노병운은 늘어서 있는 사람들에게 말도 걸지 않고 갑자기 그 역시 투신하여 물속 깊은 곳으로 사라져 버렸다. 다시 술렁거리는 소란의 도가니. 그 무렵 아오바초 그의 자택에서는 처 김씨 앞으로 보낸 유서가 발견되었다.

"나는 영원히 떠나오. 뒤에 남을 당신과 아이를 생각하지 않는 것은 아니지만, 이 길밖에 방법이 없소. 뒤에 남는 두 아이를 부탁하오."

간단한 유서이기는 하지만, 집안사람들은 놀라서 극비리에 행방을 좇았다. 마침 그 무렵 카페 엔젤에 두 통의 편지가 날아들었다. 한 통은 김갑순의 영전에, 한 통은 니무라 지배인 앞으로 온 것이었다.

지배인은 봉투를 뜯어보고 깜짝 놀랐다. 그것은 노병운이 부친 동반자살 유서였기 때문이었다.

"니무라 지배인님 오랫동안 신세 많이 졌습니다. 모두 꿈 같은 인생입니다. 올 데까지 온 것 같습니다. 저희들의 일은 그냥 이런 일도 있었구나 라고 생각해 주세요."

또한 김갑순의 영전에 바친 유서는 눈물 없이는 읽을 수 없는 것으로, 대략 적어 보면 다음과 같다.

"아아, 김갑순 왜 내게 털어 놓지 않고 혼자 죽어 버렸소 당신은 참으로 순진한 사람이었소. 나 같이 한심한 남자에게 진심으로 사랑을 바쳤기 때문에 빛나는 미래도 버렸고, 또한 늘 빈곤해야 했던 당신을 생각하면 내 마음이 찢어지는 것 같소 아무 말 말고 아무 이야기도 말고 이대로 헤어져서 다시 만날 날까지, 라고 늘 노래했던 당신은 그 노래대로 돌아오지 않는구려.

김갑순, 다시 만날 날까지라고 스스로를 위로하며 죽어서 당신에게 하루 늦게 만나러 가겠소

아무리 생각하고 생각해도 안타까운 것은 단 하루 전만이라도 죽음에 대해 털어 놓았더라면 다른 식으로 죽었을 텐데. 하지만 이제 아무 말도 하지 않겠소 나는 의사로서 죽는 방법을 여러 가지 알고 있지만, 역시 당신이 걸은 길을 걷는 것이 원하는 추억을 이을 수 있는 길이라고 생각하오 그럼 김갑순 나도 가겠소—"

상심의 가을—의과대학 연구실에서 전도유망한 청년 한 명이 떠나고, 환락의 거리 종로의 술집에서 미모의 가수 한 사람이 사라졌다. 그리고 다정다감한 젊은 두 사람은 제각각 천국으로 가는 길을 서둘렀다.

이 순정비련의 상극의 괴로움을 이해하지 못 할 이가 어디 있

을까? 마침내 닥쳐올 겨울에 생물은 흙으로 돌아갈 것이다. 두 사람의 사랑도 흙으로 돌아가고 두 몸이 묻힌 무덤에 애조 띤 만가가 연주될 것이다. 그리고 돌아오는 봄날에는 무덤의 흙에 유우화(有憂華) 대신 무우화(無憂華)가 필 것이다. (끝)

*『朝鮮及滿州』, 1933.11

술집의 여자

●

무라오카 유타카(村岡饒)

경성

1.

X마스 밤, 거리의 등불은 부슬부슬 내리는 싸락눈에 젖어 황망한 동지달 풍경에 감상을 더한다.

내가 그로테스크한 악마의 가장을 하고 술집 Z를 어슬렁어슬렁 찾은 것은 벌써 상당히 깊은 밤이었다. X마스 밤인 만큼 술집에는 남녀의 혼탁한 소용돌이 속에서 사람들의 대화도 전혀 알아들을 수 없을 만큼 시끄러운 재즈소리와 쉰 목소리의 탁한 노래 소리가 뒤섞이고 있었다.

위층이나 아래층이나 대부분 가장을 한 여자들로 술에 취해 제멋대로 서로 끌어안고 정신없이 춤을 추고 있었다. 나는 주머니에서 테이프를 꺼내어 가장한 술집 여자들 몇 명을 표적으로 세게 던졌다. 그것은 마치 오색 불꽃처럼 여자들 머리 위에 펼쳐졌고, 마침내 그녀들의 몸에 들러붙어 둘둘 휘감기자 그때마다 깔깔대며 과장된 표정을 내게 보냈다.

나는 샹들리에 등불 그림자 속에 있는 화분 옆에서 테이프를 주운 후, X마스 만찬권을 예쁘게 생긴 동안의 보이에게 건네며 미리 주문해 둔 칠면조 요리를 날라 오게 했다. 그리고 양주 글라스를 몇 잔이고 여자들의 입술과 내 입술에 닿게 하고 서로 두서없는 대화를 나누며 취해 갔다.

나와 마주 앉아 있는 술집여자는 끝자락을 짧게 자른 단발에 명랑한 세일러복을 가장무도회 복장으로 하고 있었는데 그게 정말로 딱 들어맞았다.

"아가씨! 아니 실례. 세일러 씨. 당신의 가면은 평생 벗지 않는 것이 행복할 것 같아. 진짜 얼굴을 상대방에게 보여주는 것은 현명한 방법이 아니지."

"아아, 실례! 내 면상에 대해 흠을 잡는 악마 씨, 놀라지 마세요. 전국 미인투표에서 4등으로 뽑혔으니까요."

"푸하하핫! 4등 이하는 없다는 투표에서 입선을 했다고 추측은 했지. 정말 실례했어."

"못 됐군요! 오늘 저녁 세일러는 기분이 좀 험악해져 있으니까 가면을 벗으면 악마라도 곤란할 거예요"

"귀여운 가짜 세일러 씨, 화를 내도 괜찮아. 원래 항구마다 여자가 있는데 오늘밤에는 내가 방파제 여자 대신 안아 줄게."

"참말로 당신은 어쩔 수 없는 사람이군요 밝은 세일러는 썩어 버릴 걸요"

"항복한 세일러, 자 그럼 이제 그런 심술 맞은 이야기는 그만 두지."

나는 다시 가장을 한 그 여자와 잔을 부딪치고 서로 껴안으며 무도의 소용돌이 안으로 끼어들어가 아무렇게나 스텝을 밟았다.

"귀여운 세일러, 네 이름은 뭐야?"

"마미(眞美)"

"경성에 흘러 들어온 것은 언제부터인가?"

"옛날 옛날 아주 옛날."

"토박이구나."

"속이 없는 사람이네. 나 같은 술집여자들은 생활에 좌절하고 사랑에 좌절해서 언제 자살할지 모르는 운명이죠 오늘날까지 살아온 것은 꽤 장수를 한 것이라고 생각하지 않아요?"

그러니까 이 지역에 와서 불과 3개월도 안 되었지만, 나한테는

예전부터 이 지역에서 살고 있던 것 같은 기분이 들어요

"애늙은이 같은 소리하는 계집이네! 아니 실례, 마드모아젤, 네 사랑에 영광이 있기를 기원하마."

나는 그런 이야기를 주고받으며 술집여자 마미가 리드하는 대로 인파 속을 솜씨 좋게 턴하자 기분이 유쾌한 방향으로 달려갔다. 아름답게 화장을 한 여자의 얼굴을 나는 오른쪽 손가락 끝으로 살짝 찔러 보았다. 여자는 새빨간 입술을 떨며 웃었다. 그리고 이번에는 얼굴을 가만히 내 가슴속에 묻고 입을 다물었다. 나는 세게 끌어안고 춤을 추었다. 무섭도록 아름다운 등선을 희미하게 떨며, 마미는 울고 있는 것 같았다.

2.

다음 날은 싸락눈이 내린 조용한 날이었다. 어젯밤의 피로에 눈이 깊이 들어갔을 것이다. 눈을 뜨고 잠자리에서 일어난 것은 점심 전이었다.

가벼운 아침을 먹고 나서 목욕을 하고 방에 돌아와 두서없이 우크렐레를 불며 노래를 하고 있자니, 달콤새콤한 X마스 밤 정경

이 떠올랐다.

*　　　　　*　　　　　*

"실례합니다……"

누군가 입구의 노어를 노그했다.

일어서서 내가 맞이한 것은 새벽까지 서로 껴안고 춤추고 마시고 한 술집 Z의 여자 마미였다.

새 신발에 밝은 양장, 그리고 청신한 화장을 한 마미는 내가 사는 남산 아파트에 지금까지 찾아온 여자 중에서 가장 아름다운 사람으로 꼽는 데 아무 주저가 없을 것 같았다.

나는 갑작스런 마미의 내습에 분명 당황스러워 했다. 나는 부엌에 가서 쓴 커피를 끓여 그녀에게 따라 주었다.

"아파트에서 하는 남자의 자취생활은 좀 재미있군요."

"으음. 장가를 들고 싶은데 아무도 온다는 여자가 없네."

둘이서 서로 마음 편히 안정된 기분으로 그런 가벼운 농담을 할 수 있게 된 것은 축음기나 앨범이 두 사람 사이를 중개하고 나서였다. 나는 묘하게 근질근질하는 감정이 들어 버렸다.

*　　　　　*　　　　　*

마침내 두 사람의 기분은 점점 밝아졌다. 마미는 나에게 술집여자 경력을 이야기했고, 그리고 많은 술집여자가 걷게 되는 길에 대해 들려주었다. 마미의 친구 중에 마코(魔子)라는 비극의 주인공 여급이 있다.

마미는 마코의 경력을 눈물을 섞어 가며 자세히 이야기했다. 술 집여자가 가지고 있는 어두운 과거를 아는 데 있어, 그 이야기는 너무나 가슴 아픈 이야기였다. 나는 마코의 내력을 여기에 간단히 보고하여 사랑의 행방을 찾고 싶다.

3.

마코가 흔들리는 연락선에 몸을 싣고 파도치고 눈보라 치는 현 해탄을 건너 경성에 들어온 것은 그녀가 열일곱 살 되던 해 가을 이었다. 해협의 가을이 마침내 겨울을 맞이한 것처럼, 마코의 신 상에도 겨울과 같은 비극이 이미 바다를 건너던 날부터 태내 깊숙 이 깃들어 있었다.

보라색 바지를 가슴 높이까지 높이 끌어당겨 조인, 아직 진짜 아가씨로 인형을 안고 있었는데 사랑하는 인형 이상으로 아직 보 지도 못한 낳아 준 어머니를 만난다는 기쁨을 가슴에 가득 새기며 상냥한 어머니를 몽상하고 있던 마코는 세상의 보통 처녀였다.

낳아 준 어머니—그것은 규슈(九州)의 어느 시골에서 태어난 농부의 딸로, 농사짓는 것이 싫어 젊은 시절 자신의 집을 뛰쳐나와 온천가 어느 여관에서 조추(女中)일을 하던 상당한 미모의 소유주였다. 어느 날 여름 그 온천가에 여름을 피해 온 도쿄의 내로라하는 실업가는 그녀의 아름다운 용모에 현혹되어 얼마간의 돈을 들여 첩의 형식으로 그녀를 빼냈다. 당시 관계하여 생긴 것이 숙명의 아이로 운명을 부정하면서도 스스로 운명의 끈에 묶인 마코이다. 이 불구의 가정을 이끌고 도쿄에 돌아온 실업가 일가는 세상일이 모두 그렇듯이 불화, 풍파에 휩싸였고, 결국 마코의 어머니는 상당한 절연금을 받고 별리의 비애를 맛보는 수밖에 없었다. 그녀는 그 돈을 자본으로 여자 혼자 몸으로 조선에 건너와 잡화상을 시작했다. 어찌어찌하는 동안 타고난 바람기는 어쩌지 못하고 두 번째 남자를 만들어 두 아이까지 낳았지만 그것도 파혼으로 끝났다. 그동안 마코는 아버지 집에서 음지에 있는 사람의 슬픔 같은 것을 별로 느끼지 않고 순조롭게 여학교를 마쳤다. 하지만 아버지는 부모로서 이 만큼 키워 주었으면 책임은 다한 것이라고 생각해서인지, 마코를 어머니에게 보내는 조치를 취했다.

마코는 친어머니를 처음 만났지만, 그 어머니는 낮이나 밤이나 마코의 뇌리에서 그리고 있던 어머니와는 성격이 다른 차가운 한 부인에 불과했다. 그녀의 어머니는 어제까지 명랑했던 마코를 해후의 날을 기화로 어두운 여자로 만들어 버렸다. 게다가 아버지가 다른, 그러나 형제라고 불러야 할 두 동생들의 차가운 눈빛과 배척의 채찍이 더해졌다.

마코가 찾고자 했던 행복은 형식적으로는 찾을 수 있었다. 하지만 그것은 알맹이가 없는 껍데기와 같은 것이었다.

조선의 겨울은 살을 에일 듯이 춥다. 약하디 약한 마코는 세 달 후에 바로 열여덟 살 설날을 맞이하였다. 그녀의 어머니가 군식구인 마코를 청산하는 유일한 방법은 그녀를 결혼시키는 것이었다. 어머니는 자신의 사정으로 궁여지책을 강구하여, 어느 동업자의 후처로 마코에게 일언반구 상담도 없이 시집을 보내 버렸다.

비극의 싹은 한시도 그녀를 행복하게 내버려 두지 않았다. 젊은 그녀의 남편은 얼마 안 있어 게이샤(芸者) 놀음을 하고 그에 더하여 난숙한 중년여자인 마코의 어머니마저 음란한 생활의 소용돌이 속으로 몰아넣었다. 모순된, 음란한 가정의 풍경에 마음이 어지러워진 마코는 성격이 반항녀로 일변했고 어두운 새 가정을 아무 미련도 없이 뛰쳐나와 거리를 떠도는 여자로서 제일보를 내딛게 했다.

도쿄에—마코는 그곳에서 여급가업을 전전하며 변두리에서 변두리로 슬픈 여급의 노래를 부르며 떠돌아다니는 윤락의 여왕이 되었다. 그런 마코의 신상에도 봄가을 비에 울고 바람에 목이 메는 날은 지나가고 달은 찼다가 이지러지며, 4년이라는 세월은 빨리도 지나 다시 비극의 발상지 조선으로 돌아온 마코의 팔은 사회의 악과 당당히 맞서 싸우는 어엿한 여자가 되어 있었다. 학대를 받는 약한 여자가 걷는 길은 역시 어두운 생활로 빠져들게 마련이다. 여학교를 졸업한 그녀이고 보니 다른 직업을 고르는 일도 불가능하지는 않았겠지만, 일종의 반항심과 복수심이 꿈틀거리고 있는 이상 스스로 자부하는 여급이 되었다.

　　　　　　*　　　　　　　　　*　　　　　　　　　*

마코가 전남편과 모친이 있는 경성의 카페 리라에서 여왕의 이름을 구가하고 있던 무렵, 아주 순진한 제국대학 의과학생 3명이 리라에 드나들었다. 마코는 당초에 세 사람 모두 철없는 도련님들이라고 생각하고 보통 손님 취급을 했는데 날이 거듭됨에 따라 세 사람 모두 자신을 열애하고 있음을 깨닫고 깜짝 놀라 난처해졌다. 한 사람은 나카무라(中村), 또 한 사람은 야마모토(山本), 그리고 또 한 사람은 고토(後藤)라고 하는 그들은 친구 사이였다. 저돌적이고 직선적인 그들의 순정은 연애의 방랑자 마코의 마음을 비록 조금

씩이기는 했지만 녹아들게 하지 않을 수 없었다.

대학의 1학년 여름 방학이 끝나고 강의도 새로 시작되었지만 나카무라만은 향리 야마구치(山口)에서 모습을 드러내지 않았다. 그에게는 마코와 결혼하는 것이 생명이며 생활의 전부이기도 했다. 일찍이 마코 없이는 살아갈 희망을 잃었던 것이다. 나카무라가 낮이나 밤이나 고민하는 것을 보다 못한 그의 형은 결심을 하고 멀리 야마구치에서 마코를 찾아와 나카무라의 고충을 전하며 결혼을 간청했다. 마코는, 순정이 있고 게다가 정열적인 청년 나카무라가 그 정도로 자신을 사랑해 주는 마음에 깊은 감사의 눈물을 흘렸다. 하지만 마코는 자신의 신세를 저주하였다.

"나카무라, 용서하세요…… 저는 어두운 과거를 갖고 있는, 전력이 있는 여자예요. 사랑 앞에서는 어쩌면 그런 과거는 문제가 아닐지도 모르겠지만 역시 무구한 당신이 저라는 여자와 함께 되게 된다면 그것은 인생의 큰 실수를 저지르는 것일 겁니다."

          *   *   *

마코는 그렇게 결혼을 거절했다. 하지만 전도유망한 나카무라가 대학을 중도 퇴학하게 그냥 둘 수는 없었다. 그녀는 나카무라가 졸업을 하면 그때 다시 결혼문제를 이야기하자고 하는 타협적인

이야기로 형을 돌려보냈다.

사랑병을 앓고 있던 나카무라는 가을이 오는 소리를 듣고 그래도 동경을 품고 경성의 땅을 밟았다. 마코만 아는 방책의 사랑, 그러나 나카무라의 경우는 진지했다. 사랑의 낙원은 몽상만으로는 구축할 수 없다. 진정 가시밭길을 넘어야만 한다. 나카무라가 사랑을 얻은 것을 안 야마모토는 사랑하는 사람의 민감함으로 나카무라로 하여금 마코를 단념하게 하기 위해 마코에 대해 없는 이야기를 지어 중상비방을 했다. 나카무라는 야마모토의 전략에 완전히 걸려들어 결국 고뇌 끝에 병상에 몸져눕게 되었다. 나카무라의 용태는 나날이 악화일로였다.

그것은 안개가 짙게 낀 어느 날 아침의 일이었다. 와카쿠사쵸(若草町) 병원에 나카무라의 용태를 염려하여 마코와 야마모토, 고토 세 명이 병문안을 갔다. 그리고 나카무라의 병상을 향해 서로 따뜻한 손을 내밀었다.

침울한 분위기를 깨고 갑자기 야마모토는 나카무라의 손을 굳게 잡게 엉엉 울며 "나카무라 미안하네. 용서해 주게. 나는 마코를 사랑하기에 마코에 대해 없는 이야기를 만들어 중상비방했네. 자네에게서 마코를 빼앗으려 한 나는 사람이 아니네. 거짓된 야마모토를 때려 주게…"라고 말했다.

열에 들뜬 나카무라는 흥분했다. 마코는 더 놀랐다. 고토는 깊은 침묵 속에 뭔가 강한 충동에 사로잡혔다.

마코에 대한 나카무라와 야마모토의 연애가 이렇게 삼각관계가 되었지만, 결국 그런 드라마틱한 상황에서는 서로 사랑하는 사이였기 때문에 서로 양보하여 단념하지 않을 수 없게 되었다. 그때 이전부터 계획대로 일을 추진하며 침묵을 지키고 있던 고토는 어부지리를 얻게 된 형국이 되어 마코와 고토의 친밀도는 더해만 갔다. 결국 가장 괴로운 경험을 맛본 마코도 그러한 순수한 인정이 얽힌 연애싸움의 파문으로 인해 마음을 결정하기에 이르렀고, 오랫동안 계속되어 온 황폐한 생활에서 발을 뺌과 동시에 고토의 간절한 청을 받아들여 봄 2월 중매쟁이를 내세워 정식으로 약혼을 하고 고토의 논문 사정을 감안하여 9월에 결혼식을 거행하기로 했다.

마코는 마침내 행복한 생활에 들어갈 수 있게 되었다. 두 사람은 연애로 맺어졌다. 두 사람은 9월의 결혼식까지 기다릴 수 없었다. 고토는 마코가 살고 있는 집으로 가서 반쯤 동거생활을 하게 되었다. 현재의 마코 입장에서 보자면 행복한 생활은 그 시절이 최고조에 달해 있었다. 추억은 그 시절에만 만들어졌다.

고토는 마침내 대학을 마치고 연구실에 들어가 학위논문에 전

넘하게 되었다. 호사다마라 했던가, 고토 일가로서는 그가 어엿한 의사가 되고 보니 여급출신은 신붓감으로 절대 만족할 수 없었다. 고토입장에서도 이미 연애의 개가를 올렸지만, 가족들이 사방에서 가하는 압박은 그 자신을 매우 우월한 인간으로 생각하게 했고 어느새 마코에 대한 사랑은 식어, 결국은 파혼까지 결심하게 되었다. 생각해 보면 그의 사랑은 젊은 날의 불장난에 불과했다.

두 번 다시 불행해지지 않겠다고 신중에 신중을 기한 마코의 결혼은 여기서 다시 비극으로 되돌아갔다! 어제의 행복은 오늘 바로 한 조각 헛된 꿈이 되어 인생행로를 채색한 것에 불과했다. 하물며 이번에는 뱃속에 고토의 어린 사랑의 결실마저 깃들어 있었다.

꿈에 부풀어 9월 결혼식을 기다리고 기다리던 날이 이제는 완전히 결별의 선고를 기다리는 날이 되었다. 마코는 그날 동거생활을 했던 추억이 깃든 집에 누워 몸도 청정하게 기도를 끝내고 '세상에 믿을 것은 아무것도 없다!'라는 자신이 만든 철학을 스스로 자신의 심장에 극명하게 새기며 치사량의 칼모틴을 먹고 파란만장한 스물네 살의 삶을 끝냈다.

*　　　　　*　　　　　*

마코의 비극적 생애가 여기서 끝났다면 어쩌면 행복의 단념이라고 할 수 있겠지만, 현실은 얄궂어서 가끔은 장난을 시도한다. 4일간 마코는 미망의 세계를 떠돌았다. 그녀의 경우 사회는 악의 세계인데, 불행하게도 그 악의 사회에 다시 소생해 버리고 말았다. 독약은 그 후 마코의 신체를 망가뜨려 가서 예전의 건강한 몸이 지금은 만신창이가 되었고 일찍이 아름다웠던 미모도 빼앗아 버렸다. 그래도 태내에서는 어린 영혼이 무럭무럭 자랐고, 정월이 되지 않아 태어난 아기는, 맙소사. 고토를 쏙 빼닮았다. 얄궂은 운명의 손길은 너무 가혹했다.

태어난 어린 영혼을 절대로 원망할 수는 없다. 마코는 그 어린 영혼에 대해 삶의 보람마저 느꼈다. 살아가기 위해 그녀가 눈물을 삼키며 다시 어두운 술집의 세계에 들어가 춤을 추기 시작한 것은 그로부터 얼마 지나지 않아서였다.

복수심은 이번에는 고토를 향해야 했다. 그러나 육친은 어쩔 수 없는 것, 어린 영혼을 위해 고토의 성공을 방해하는 것이어서는 안 되었다. '그 사람의 마음이 원망스럽기는 하지만, 결코 그 사람을 원망해서는 안 된다'라고 가슴속에서 굳게 다짐을 하고, 술집에는 아이가 있는 어머니라는 사실을 숨기고 열심히 일했다. 하지만 때로는 감정이 북받쳐 올라 부지불식간에 눈물이 흘러 맹세했던 복수를 잊으려 한다. 재즈에 맞춰 미친 듯이 춤을 추지만 젖이

불 때마다 자신이 걸어온 비극의 길을 돌아보며 자신을 조소한다. 그러한 마코의 미소야말로 아무도 모를 쓸쓸한 체념의 미소였다.

*   *   *

근대 양식의 건축으로 의장(意匠)한 술집 안에 사는 여자들은 그러한 슬픈 과거를 지니고 있죠…

"술집의 여자란 실은 모두 비극의 주인공이요, 술집의 여자는 사랑의 범죄자가 대부분이에요. 그리고 자살미수자도 드물지 않죠"

*   *   *

마미는 친구 마코를 한없이 동정했지만, 어두운 기분이 엄습했는지 거기까지 이야기를 하고 입을 꾹 다물어 버렸다. 나는 조용히 듣고 있었다. '마코'의 운명을 생각하고 연애의 성질을 비웃고 싶은 생각이 들었다.

4.

마미는 해가 질 때까지 내 방에서 놀았다.

"마미는 나를 이상한 사람이라고 생각하고 있지?"

"여자가 이상한 사람의 방에 놀러 오리라고 생각해요?"

"그럼 만일 나하고 마미가 마코의 경우처럼 된다면?"

"바보 같기는. 연애는 말로 하는 것이 아니고 서로 행동하는 거예요."

"O.K"

나는 마미를 안고 뜨거운 키스를 나누었다.

"단 하룻밤의 농담으로 너를 알게 된 나는 악마지."

"그래요, 제 마음을 빼앗아간 악마죠. 하지만 저 X마스의 그날을 잊을 수가 없어서…"

마미가 내 방에서 돌아갈 무렵 거리에는 이미 등불이 켜졌다.

5.

그날 밤 나는 다시 마미와 마코가 있는 술집에서 무거운 회색 감상에 쑤셔대는 마음을 억누르고 비틀거리며 춤을 추었다.

왠지 그날 밤 나는, 술집 여자들의 검고 움푹 패이게 보이는 화장을 한 눈이 마치 안개에 젖은 것처럼 촉촉이 젖어 문란한 무대를 배경으로 울고 있는 것 같아 마음이 아팠다.

나는 한 쪽 구석 테이블로 마코를 불러 무례한 대화를 거듭했다.

"아기는 귀여운 법이지."

"그런 것 같아요. 제게는 어머니 경험이 없지만요."

"술집 여자는 왜 그런 거짓말을 하는 것일까?"

"술집에 오는 분들이 무책임하기 때문이죠."

"그럼 책임 있는 말로 한다면 어머니임을 긍정하는 것이겠지?"

"당신은 검사 같은 말을 하는 분이군요."

"떠난 남편은 미워해도 아기는 귀여운 법이지…"

"……."

"어머니라는 것이 술집과 가정에서 두 가지 인격을 언제까지 계속 유지할 수 있을 것이라고 생각하세요?"

마코는 훌쩍훌쩍 소리를 내어 울기 시작했다. 섬세한 여자의 육체에는 너무 무거운 비극의 운명을 진 술집여자가 머리를 헝클어 트리고 얼굴을 앞으로 깊이 묻고 우는 모습은 마치 비에 젖은 해당화와도 같아서 외로움이 가득한 아름다움이 있다. 나는 그런 무례한 말을 몇 번이고 그녀에게 던져 스스로도 헤어나지 못할 우울한 상태에 빠졌다.

"부탁이에요. 이제 그렇게 분명하게 밝히며 이야기하지 말아 주세요. 저는 미래에 대한 희망도 동경도 없는 수렁에 빠진 여자이니까요. 맹세했던 복수도 지금은 완전히 사라졌어요. 누가 말한 것처럼 살아 있는 시체예요.”

나는 아파트로 돌아와서 침상에 누웠지만, 새벽까지 잠을 이루지 못 했다.

윤락하는 사람들의 무리. 그들도 마음 한 구석을 씻어내면 반드시 뭔가 힘을 찾아낼 수 있겠지만, 마코만은 이미 가공할 인생의 피로밖에 가지고 있지 못 하다. 나는 가공할 한 인간을 마주한 느낌이 들었다. 그녀에게 지금 건강이라는 것이 결핍되어 있다면 누구라도 그녀가 취할 행동은 마지막 한 가지밖에 없다고 상상할 것이다.

나는 새벽에 악몽에 시달리다가 식은땀에 잠이 깨서 옷을 갈아입었다.

6.

거리에는 정월의 온화한 기운이 흐르고 있었다.

나와 마미는 안개가 짙은 아침, 경성역에서 함께 하행 열차를 기다리고 있었다.

“당신을 안 지 겨우 2주도 되지 않았는데 벌써 2년은 서로 알고 지낸 것 같아요.”

"그래그래. 술집 여자는 나이를 꽤 빨리 먹을 테니까."

"또 그런 듣기 싫은 소리. 저 대단히 기뻐요. 그래도 사랑을 알고 나서 나이를 먹지 않아요. 저 실은 올해 설날에 스무 살이 되었어요."

"나는 몇 살이 되었는지 모르겠어."

"어머 자기 나이를 모르다니, 바보군요."

"그래도 제야의 종은 네가 있는 술집에서 시끄러워서 못 들었어. 그리고 설날은 저녁때까지 자버려서…"

"자다가 나이를 놓치는 사람 싫어요. 비상시예요."

"음, 나하고 너는 비상사태인 것 같아. 한 술 더 떠서 마미의 연심과 내 연심을 통제해서 결혼을 해 버릴까?"

"작년에는 전향이 유행했지만, 올해는 통제가 유행하는 것 같아요."

"연애 통제라는 거지."

나와 마미는 명랑한 신춘 아침 ○온천으로 함께 놀러 가기 위해 기차를 기다리는 동안 그런 이야기를 거듭했다. (끝)

* 『朝鮮及滿州』, 1934.1

‖ 실화 ‖

황마차(幌馬車)로
도망친 여급

●

다키 구레히토(滝暮人)

십자로 모퉁이에 있는 술집 M은 밤이 되어 등불이 켜지자 육지의 용궁이라도 되는 듯이 화려한 네온사인이 지직지직 흔들리며 도회인의 가슴에 환락의 불꽃을 태운다.

그 호화로운 전당을 무대로 헤엄쳐 돌아다니는 술집여자들 대부분은 꾸며진 아름다움과는 정반대로 어두운 운명에 사로잡힌 여자들이었다.

봄날 밤비가 가끔씩 사륵사륵 부드럽게 창문을 두드린다. 이 술집에 들어온 지 한 달이 채 못 되는 마미(眞美)는 이제 어엿한 술집의 여왕이 되었다. 창백하게 끝을 잘라 올린 터치 커트의 단발은 그녀의 원래 나이보다 두세 살은 젊어 보이게 했다. 그리고 천진난만해 보일 만큼 밝은 행동거지가 많은 사람들을 유쾌하게 하기 때문에 어느 새인가 인기를 누리고 있었다.

술집 여자들은 취하면 대부분은 미친 것처럼 기분이 좋아 떠들지만 결국은 꼭 감상에 젖어 울고 만다.

봄비가 내리는 밤, 마미는 마키(牧)라는, 이미 서로 알고 지내는 청년을 상대로 술을 마시고 있었다.

말 수가 없는 청년 마키는 마미의 진짜 모습이 알고 싶었다. 하지만 그녀의 신상에 대해 묻거나 많은 것을 묻는 것은 왠지 쓸데없는 일로 여겨졌다.

봄비는 어느새 세찬 소나기로 바뀌었다. 밤이 깊어진 것과는 반대로, 술집 안에는 취한 사람들로 인해 혼탁함과 소란스러움이 들척지근한 치정의 세계를 자아냈다.

마미는 문득 마키에게 이렇게 말을 걸었다.

"마키, 대체 내가 어떤 여자라고 생각해요?"

"매우 훌륭한 아가씨로 보이지……"

"당신은 왜 그렇게 빈정거리죠?"

"왜 당신은 당신의 진짜 모습을 숨기지?"

"있잖아요, 마키. 더 솔직하게 말해 주지 않을래요? 부탁이에요"

마미는 잠시 잠자코 있었지만 마침내 고개를 숙여 버렸다. 아름다운 모습의 어깨를 들썩이며 울고 있는 것 같았다.

화분에 가려져 보이지 않는 이 창가 테이블에 둘러앉아, 마키와 마미는 술집 분위기에 중독이 되었는지, 서로 융합할 수 없는 심정이지만, 그래도 둘 모두 마음과 마음을 어루만지려 시도한 것이었다.

마침내 마미는 고개를 들고는 생긋 웃었다.

"마키, 당신 참 나쁜 사람."

"마미, 연극은 네가 진 거야."

"마키, 오늘밤은 너무 외로워요. 연극은 이걸로 끝내고, 그보다 내 신상 이야기나 들어주지 않을래요?…… 거북스러운 곳은 연극으로 꾸며서 이야기할 게요. 하지만 나 사실 모두 이야기해 버릴래요. 마키는 내 마음을 알아줄 것 같아요."

상큼한 향수의 향기가 떠돌고 있다. 아이새도를 칠한 눈꺼풀은 촉촉이 젖어 있다. 그 촉촉한 눈동자가 단발과 조화를 이루어 처참할 정도로 아름다운 옆얼굴을 만들고 있다.

"술집 여자가 우는 모습은 마치 해당화가 비를 맞은 아름다움과 비슷해서 아주 아름답지."

"그래요… 그 해당화가 예를 들어 저라면 그 꽃은 비보다 더 세찬 운명에 맞아 가련한 모습을 어떻게 바꾸지도 못 하고 져 버리는 거죠."

저릴 만큼 애수에 찬 마미의 모습이었다.

태어난 고향은 남만(南蛮)33) 선착장이 있는 나가사키(長崎)였어요. 철이 들 때까지는 조용한 생활을 하고 있었습니다. 여학교에 올라가던 해였죠. 나를 사랑해 주던 어머니는 병이 들어 갑자기 내 이름을 부르며 돌아가셨어요. 어머니의 면영이 지금도 내 뇌리에 생생하게 떠오르는데 그러면, 아무리 외로워도 아무리 약해져 있다가도 다시 힘이 나는 저예요.

그런데 온 가족이 대련으로 이주를 했죠. 아버지는 그곳에서 상당히 크게 장사를 시작했어요.

물론 나쁘지는 않았어요. 나는 아무 불만 없이 여학교를 다닐 수 있었어요.

어머니가 돌아가신 후로 저는 정말 고독한 성격이 되었죠.

마침내 우리 집에는 새어머니가 들어오게 되었어요. 저는 친어머니의 면영을 새어머니에게서 찾아보려고 어린 마음에도 무던히 노력했지만, 그리고 새어머니 역시 저를 사랑해 주기는 했지만, 역시 제게는 그것이 소용이 없었죠. 그렇게 노력하면 할수록 돌아

---

33) 중국을 중심으로 한 사이(四夷)의 하나로 남쪽 이민족에 대해 사용하던 용어였으며, 일본에서도 같은 의미로 사용되다가 15세기 이후 유럽인과 남만무역이 시작되면서 유럽이나 동남아시아 문물을 일컫게 되었다.

가신 어머니에 대한 그리움은 더해만 갔어요.

나는 그 무렵 아버지의 허락을 받고 학교에 다니는 한편 그림을 배우기 시작했어요. 고독감을 달래 준 것은, 정말로 나를 위로해 준 것은 서툴기는 하지만 그 그림이었죠.

학교를 졸업한 저는 가두에 진출하고 싶었지만, 딱히 이거다 하는 직업도 없었기 때문에 여전히 그림 공부를 하고 있었어요.

나는 단조로운 생활을 하다가 열아홉 살 봄을 맞이했죠. 내 생활을 어떻게 개척해 갈까 하는 진지한 고민도 없이 그저 순탄한 나날들이었어요.

처녀시절과의 결별, 그것은 당연히 내가 각오해야 할 일이었지만, 그것이 갑자기 아무런 예고도 없이 내 앞에 모습을 드러냈을 때, 뭐랄까, 저는 난감했어요.

그것은 새어머니—어머니라고 불러야겠죠—의 동생과의 결혼 문제였죠. 어머니의 동생이라고 해도 나하고는 다섯 살밖에 차이가 나지 않는 청년이에요.

아무 이유도 없이 거절을 하는 것은 어머니에 대한 제 의무, 의리상 안 될 말이었죠. 그렇다고 아무 비판도 없이 묵묵히 결혼을 하기에는 제 자신이 너무나 가여웠어요.

봄이라는 것은 말뿐으로 꽃이 피고 나면 바로 관능적 신록의 초여름으로 들어가는 대륙의 계절이죠. 초목이 하루하루 푸르러 가는 것과는 정반대로 제 몸은 창백하고 오뇌로 쇠잔해져 갈 뿐이었어요.

좋아하던 그림도 통 그리지 않게 되었죠.

결혼 말이 나온 그 청년은 만철 사원이었습니다. 눈 딱 감고 결혼해 버리면, 그 뒤에 오는 생활은 그 결심 하나로 어떻게든 개척할 수 있겠죠. 때로는 그렇게 생각을 해 보았지만, 그것도 괴로움을 자위하는 생각에 머물 뿐, 절대로 행동으로까지 옮기지는 못했어요.

무료하게 지내던 차에 그 무렵부터 저는 댄스 홀 페로케로 가끔씩 춤을 추러 다니게 되었죠.

생각하면 그것이 제게는 일대전환이 되는 계기가 된 거죠.

저는 고독을 사랑하는 여자였어요. 하지만 역시 애정에 굶주리고 있던 저는 그곳에서 한 청년과 알게 되었죠. 거듭 만나는 동안 저는 그 사람에게 사랑을 느끼고 있음을 깨달았어요.

결손 가정에 빠져 있던 저는 당연 그 사람에게 결핍된 애정을 충족시키려 했던 거죠. 또 한 가지는 마음에 없는 사람과 결혼을 강요하는 데 대한 반발심이었는지도 몰라요.

마키, 이야기로 해 보면, 전혀 심각한 느낌이 들지 않겠지만, 가정을 배경으로 고통을 받아온 괴로운 제 심정을 이해해 주겠죠?

페로케에서 알게 된 청년은 정열적인 선이 굵은 사람이었어요. 제게는 이제 잊을 수 없는 사람이 되어 버렸어요

어느 날 밤의 일이었어요. 그저 아무 생각 없이 함께 호시가우라(星が裏)로 산보를 나갔죠. 말수가 적은 청년에게 저는 모든 것을 털어 놓았어요. 청년은 그저 짧게 믿어 달라고 하며 내 가슴을 꼭 안아 주었죠

가을이 되자 마침내 어머니 동생과의 결혼이야기가 구체화되어 저는 도망치기 어려운 입장이 되었어요. 한편 저와 페로케에서 알게 된 청년과의 애정은 폭풍우처럼 격렬해졌죠.

겨울이 빨리 찾아오는 대륙. 몽골의 모래먼지로 더러워진 거리에, 페치카에서 타오르는 연기가 공기를 더럽히는 초겨울 어느 날 밤의 일이었어요. 저는 마침내 집을 빠져 나왔죠.

가정을 배신한 여자. 표면적으로 공격을 한다면 저는 역시 세상의 불량한 여자겠죠 하지만 비록 지극히 미약하기는 하지만 예술에 목숨을 걸 만큼 교양이 있는 저이다 보니, 아무래도 살아가야 할 내 자신의 생명을 내던지고 마음에도 없는 생활로 편입할 수는 없었어요

확실한 신념에 차서 그날 밤 저는 페로케에서 알게 된 청년의

집을 찾아갔죠.

하지만 그 청년은 차근차근 저를 설득했고 결국 그날 밤은 밤새도록 이야기를 했어요. 울었어요. 모든 것이 슬펐죠. 단지 그 청년에 무릎에 엎어져 우는 것이 내게는 유일한 도피처였어요.

사실 소설보다 더 드라마틱하다고 누군가 말했죠. 저는 다음날 어떠한 야단을 맞아도 된다고 각오하고 다시 집으로 돌아갔어요.

제게는 무엇보다도 청년의 곁을 떠나는 것이 괴로웠지만, 사랑하는 사람의 말을 따르는 것이 제게는 기뻤어요.

며칠 후 저는 한통의 서장을 받았죠. 봉투에는 고베(神戶)의 소인이 찍혀 있었어요.

"마음이 변한 것은 아니야. 우리는 서로 강해져야 해. 내게는 해야 할 일이 하나 있어. 2년 후에 만날 수 있을지도 몰라……"

그 청년이 무슨 일을 하고 있는지 이 정도의 서신만으로도 대충은 상상할 수 있겠죠. 그는 소셜리스트였던 거죠. 저는 그날 다시 태어났어요. 사랑하는 사람을 위해 스스로 강해지기로 결심한 것이죠.

저는 다시 가정에서 도망쳤어요. 옷은 입고 있던 그대로 황마차를 타고 역으로 달렸죠. 그리고 저의 유랑은 시작되었어요.

평톈(奉天)으로, 하얼빈으로. 그리고 다시 페로케로 돌아온 올 2월, 방랑 2년 동안 저는 보시는 바와 같이 몹쓸 여자가 되었기 때문인지 대부분 알아보지 못 했어요.

제가 왜 대련으로 돌아왔는지 아시겠죠. 굳게 약속했던 청년과의 재회를 꿈꾸었기 때문이에요. 하지만 청년을 만나기 전에 저는 그만 어머니 동생의 눈에 띠고 말았죠.

세 번째의 탈출, ―애인이 있는 내지로. 하지만 불행하게도 기차 티켓은 경성까지밖에 개찰이 되지 않았어요. 서둘러 탈출하느라 돈을 준비하지 못한 것이죠. 그것도 모두 운명의 장난이겠죠.

경성에 대한 지식은 전혀 없었어요. 역에 내린 날 밤은 이미 깊은 밤이었고, 마치 오늘밤처럼 비가 심하게 퍼붓고 있었어요. 자동차를 타고, 제일류 카페로 달려가 달라고 말했더니 이 집으로 데려다 주었어요.

주인은 초라한 제 행색을 한동안 보고 있었지만, 사정이야기를 듣고 동정을 해 주었어요.

감독인 오코마(お駒) 언니는 피도 있고 눈물도 있었어요. 박복한 운명의 소유자에게 기울여 준 따뜻한 마음씨는 언제까지고 잊을 수 없을 거예요.

그날 밤에 '피곤하지? 아무 걱정 말고 합숙소에 들어가 쉬렴.

내일도 자세한 이야기를 들어 줄 테니까'라고 했죠. 저는 영원히
따뜻한 사람의 마음을 접하고 침상에 들어가서도 한동안은 눈물
이 볼을 적실 뿐이었어요 —

"마키, 자, 취기가 깼으니 다시 마시자구."

마미는 드디어 정신을 차리고 흘러넘치듯 웃었다.

"마미, 그 청년과 정말로 만날 거야?"

"네 그 사람 이제 완전히 옛날 생활을 청산했을 거예요. 기분
좋게 만나 주겠죠."

비는 아직 그치지 않았다. 술집은 제정신이 아닌 사람들로 가득
차서, 비록 서로의 가슴속에 심각한 괴로움은 있지만 그것은 싹
잊어버리고 그저 까닭도 없이 먹고 마시고 소란을 떨며 밤이 깊어
간다.

마미 "치리오!"34)

마키 "치리오!"

두 남녀는 서로 한쪽 눈을 찡긋하며 윙크를 하면서 글라스를
눈높이까지 들어 올리고는 서로를 향해 가볍게 미소를 지었다.

*『朝鮮及滿州』, 1934.7

34) cheerio. 감동사로, 헤어질 때의 인사나 건배할 때에 쓰는 말.

자살 일보 직전의 여자

세이이치로(宇佐美誠一郎)

경성문인 클럽 우사미

6월 20일 S 다방에서…… 갑작스럽게 너무나도 갑작스럽게 나는 이 여자—마가키 루리코(眞垣ルリ子)에게서 다음과 같은 이야기를 들었다.

"근 4, 5일 전의 이야기예요. 저 자살하려 했어요. 칼모틴으로요…"

그날은 처음부터 루리코의 태도가 평소와는 달랐다. 평소에는 색정적인 거리의 이야기라든가 그 여자를 둘러싼 사람들의 가십을 웃음을 섞어 이야기의 실마리를 끄집어내는 루리코였지만, 그날은 눈동자에 슬픈 그늘이 살짝 비친 상태에서 이야기를 나누었다. 나도 루리코의 얼굴을 다시 봐야만 했다.

　　　　*　　　　　　　　*　　　　　　　　*

　마가키 루리코, 내가 그녀를 안 것은 어느 작은 술집에서였다. 낯선 여자. 몸집이 작은 여자가 문을 열고 술집에 들어간 나를 맞이하여 주었다. 마담 M이 그녀를 나에게 소개했다.

　"오늘부터 가게 바텐더로 일하기로 했어요. 마가키 루리코 씨라고 해요. 전에 L백화점에 근무했던 사람이에요."

　루리코는 그때 잘 부탁한다고 머리를 숙여 인사를 했다. 나는 어쩐지 루리코의 그 가여운 모습에 이끌렸다. 순간 머리카락 색깔이 다른 술집 여자로서 나의 흥미와 대조를 이루었다. 다행히 그날 술집에는 나 이외에 의자를 차지하고 있던 사람은 아무도 없었다. 자연히 그 첫대면의 흥미 있는 여자와 이야기를 나눌 기회를 얻었다.

　"술집은 처음인가?"

　"그래요, 처음이에요."

　"L은 왜 그만 뒀지?"

　"급료가 너무 적었죠."

　"부모님은?"

　"돌아가셨어요."

"그럼…"

"남동생하고 단 둘이에요. 단칸방을 빌려서 생활하고 있어요"

그런 평범한 대화로 나누고 그날은 루리코와 헤어졌다.

그 후 나는 그 술집에 거의 매일 출입했다. 루리코에 대한 나의 감정은 결코 사랑은 아니었다. 그런 것은 새삼 변명할 필요는 없지만 만일 내가 그 여자에 대해 연정을 가지고 있었다면, 모든 수단을 동원하여 그 여자에게 접근하여 내 아파트로 끌어들였을 텐데, 그리고 누군가 다른 남자가 그 여자와 친하게 이야기를 할 경우에는 질투 비슷한 것을 느꼈을 텐데, 나는 그 둘 중 하나도 시행하지 않았고 조금의 질투심도 일지 않았다. 다만 지금 내가 살고 있는 도회는 자극이 너무 없다. 불행하게도 내가 오늘날까지 안 여자는 평범하고 상식적이기 짝이 없는, 알콜성이 없는 K시 하다못해 이러한 밤의 세계에서 일하는 여자의 이야기에 '젊은 날의 압력'을 가하는 것이 고작이다. 그 과거에 얼마나 많은 기복이 있었을까? 루리코가 오늘날에 이르기까지 말이다…라고 직감한 나는 그것을 꼭 파악해야겠다고 생각하고 그 술집에 매일 찾아간 것이다.

*　　　　　*　　　　　*

언젠가 그날도 술집에는 나 혼자 있었다. 루리코는 다소 취해서 상기된 어조로, '들어 주실래요?'라고 억지를 부리며 내게 말을 걸었다.

"저 이래 뵈도 ××여자전문학교 출신이에요. 내지에는 번듯한 직업이 없고 해서 할 수 없이 교장 소개로 K시에 온 거예요. 3월 말이었죠. 관청을 찾아가니 서른 대여섯 되는 신사가 아주 친절하게 어떻게든 진력을 다해 주겠다고 했어요. 미지의 K시였거든요. 나는 철썩 같이 믿었죠. 흥분을 해서 내 주소를 그 분에게 알려주고 하숙으로 돌아왔죠. 2, 3일 지나서 점심때쯤 내게 전화가 걸려왔어요. 그 신사한테서요. 오늘 밤 꼭 만나서 좀 사정을 물어보고 싶다면서요. S정류소 앞에서 5시 무렵 기다려 달라고요. 정각 5시에 자신과 S에서 만나 저녁식사를 함께 하지 않겠냐고 제안을 했어요. 그래서 그 신사가 데려간 곳이 모 마치아이(待合)35)였죠. 저도 소녀도 아니구요. 아 그렇구나 하고 감을 잡았지만 신세를 지는 약한 입장이어서 그 마치아이에 들어갔어요. 처음에는 그저 우스갯거리 이야기를 주고받았는데 어느새 내 손을 잡기 시작했어요. 이러지 마세요. 이제 신세지지 않겠어요. 저는 그 말을 하고 그대로 하숙집으로 돌아갔어요. 분했죠. 유일한 희망이 끈이 뚝 끊어진 것이죠. 그리고 나서 2, 3일 저는 하숙집에서 한 발자국도

---

35) 마치아이차야(待合茶屋)를 말함. 남녀의 밀회나 손님과 예기의 유흥을 위해 자리를 빌려주고 음식과 술을 파는 곳.

밖으로 나가지 않았어요. 마침 그 무렵 백화점 L이 여점원을 모집하고 있어서 우연히 이력서를 냈더니 바로 채용이 되었죠. 그래도 급료가 60전 아무리 절약을 해도 그것으로 먹고 살 수는 없었어요. 그래서 한 달 지나서 이 술집으로 전업을 한 것이에요……"

그러한 술집 여자의 경위는 그다지 드문 일은 아니다.

이야기가 싱거워서 어느 정도 실망감을 느꼈다.

＊　　　　　　　　＊　　　　　　　　＊

그리고 나서 한 달 정도 지났고… 그 사이에 나는 그 술집에 다니는 것을 당분간 그만두었다… 어느 날 우연히 거리에서 루리코를 만났다.

"마쓰노베(松延＝내 이름) 씨, 저 도쿄에 갈 거예요. 모교에서 조수로 채용하겠대요. 2, 3일 안에 뜰 거예요. 한 번 놀러오지 않겠어요?"

나는 그날 밤 루리코에 대한 간단한 송별의 의미로 그 술집에 갔다. 밤은 깊어 벌써 12시도 넘었다. 루리코는 술에 취해 제정신이 아니었다. 내 얼굴을 보더니 휙 하고 달려들어 내게 악수를 청했다. 취한 눈이기는 하지만 어딘가 희망이 있는 눈동자―

"잘 됐어요. 조수가 되다니. 여비까지 보내 줬어요"

　나도 루리코의 행복을 축복하여 축배를 들었다. 그 다음날 오전 1시 무렵 거리에서 사각모를 쓴 대학생과 루리코가 걷고 있는 것을 보았다.

　"내일 출발이지? 나 정류장에는 가지 않지만 건강하게 잘 다녀 와."

　"응, 건강하게 출발할 게요. 도착하면 편지 보낼 게요."

　내 입장에서는 '한순간의 여자'와의 그것이 이별이라고 생각했다.

　그 찰나 루리코의 모습은 내 기억에서 지워져야만 하는데 말이다… 그런데 1주일 되던 날 그 술집에 잠깐 들렀다. 그런데 맙소사, 루리코가 손님과 희희덕거리고 있지를 않은가? 게다가 오늘밤 인사불성이 되어 취한 루리코의 헤프게 구는 모습에 불쾌감마저 느낀 나는 루리코를 불렀다.

　"너 나한테 한 방 먹였네."

　"그럴 생각이 아니었어요. 하지만 이렇게 되었네요. 미안해요…"

　그 말뿐, 루리코는 테이블 사이를 여기저기 돌아다니기 시작했다. 마담 M이 내게 속삭였다……

　"가엾게도, 떠나기로 한 당일 도쿄에서 출발을 미룬다는 전보가 왔어요. 루리코 새파래져서 편지를 기다리고 있었어요. 그저께 편지가 도착했어요. 내용은 루리코의 경성에서의 신원조사 결과 술집에서 일한 것이 알려지자 학교에 폐를 끼치게 되기 때문에 거절한다는 거였죠. 루리코 완전히 비관해서 매일 술만 마시고 있어요…"

손님의 무릎에 기대어 울고 있는 루리코는 괴상한 울음소리를 냈다.

"나 이제부터 마음껏 불량해질 거야."

*   *   *

루리코가 그 술집을 그만두고 여기저기 카페를 전전한다는 이야기를 들은 것은 그 후 2주 정도 지나서였다. 같은 카페에 3일을 못 있어 루리코가 철새 같이 되었다는 이야기이다. 별로 넓지도 않은 K시, 유흥가라고 하면 단 하나밖에 없는 거리에서 나는 다시 루리코를 만났다. 스마트한 양장이다.

"이제 됐나 보네."

"아니요, 카페에서 일하고 있어요. 3일 전부터. 하루에 팁이 7원 가까이 들어와요. 차 대접할 게요."

근처 다방에서 1시간 정도, 그 후의 루리코의 생활을 중심으로 여러 가지 이야기를 했다. 2, 3일 후에 나는 다시 방문했다. 루리코의 모습이 보이지 않아 물어보니, '어제 그만두었다'는 것이었다.

*   *   *

바람기가 있는 여자라고 생각하면서… 어느 날 우연히 다방에서 소다수를 마시고 있는 루리코를 발견했다. '뭐야.' 내가 루리코를 마주했을 때… '결국 5일전에 저 자살하려 했어요 칼모틴 먹고.'라고 이야기를 꺼냈다.

루리코의 이야기에 의하면 카페에서 일하고 있는 동안 어떤 병에 걸렸다. 그것은 크게 걱정할 정도의 병은 아니지만 그런 곳에서 일하는 것은 허락 못 하겠다고 카페 주인은 루리코에게 말했다. 루리코는 바로 그만두었다. 한동안 침상생활을 해야겠다고 생각하니, 대체 어떻게 하면 그동안 경제적 방면을 헤쳐 나갈 수 있을까 하고 고민에 빠졌다. 어느 담배 가게 2층을 빌려 하룻밤 내내 루리코는 장래의 방침에 대해 생각을 했다. 하지만 수입의 방도를 저지당한 그 여자가 취할 방법은 단 한 가지였다. 다음 날 정오 그녀는 잠에서 깨지 못하도록, H로 약국 몇 집에 들려 한 집 한 집에서 칼모틴 ×정이 들어간 상자를 ×개 샀다. 그 상자를 주머니에 넣고 강변으로 나갔다. 모래 위에 앉아서 가만히 주위를 살펴보았다. 아무도 없음을 확인하고 지참한 상자에서 백색 개체를 꺼내 한 번에 먹어 버렸다. 그리고 조용히 옆으로 누웠다.

수 시간 후 왠지 이상한 분위기에 루리코는 눈을 떴다. 하얀 침대 위였다. 곁에는 낯선 중년 남자가 서 있었다.

"정신을 차리니 잘 되었습니다. 대체 어찌된 일인가요?"

루리코는 울었다. 돈과 건강으로 버림받은 이 여자는 남자가 물어 보는 대로 자초지종을 이야기했다. 중년의 그 남자는 아이가 여섯 있는 아버지였다.

"한동안 이 병원에서 지내고 나서 적당한 하숙을 알아보지요."

여섯 아이의 아버지라면 나를 아이처럼 생각해서 친절을 베푸는 것일 거야 라고 루리코는 중년 남자에게 감사하는 마음으로 만사를 의지했다.

남자의 주선으로 루리코는 아파트 방 한 칸을 빌려 건강을 회복하기 위해 조용한 생활을 계속하고 있었다. 어느 날 밤 12시가 넘어서 문을 노크하고 중년 남자가 들어 왔다.

"루리코 씨, 제가 당신을 돌보는 기분이 어떤 것인지 아시나요?"

"당신도 열일고여덟 아가씨는 아니죠. 당신이 내 그늘 아래에서 생활하는 동안은 내 명령에 절대복종해야 합니다."

남자는 거친 말투로 루리코를 쫓아왔다. 루리코는 그 말을 듣는 순간 아파트 주인의 방으로 뛰어들었다. 그리고 그 다음날 그 아파트를 정리하고 오늘 그 다방으로 불쑥 찾아왔다는 것이었다.

       *   *   *

"몸이 안 좋으면 어쩔 수 없지 않아? 꾸물대지 말고……"

"그 남자가 그렇게 말하며 내게 다가왔을 때 잠깐 생각했어. 하지만 아직 소중하다고 생각하면 아까운 생각이 들어서 말이야."

"그럼 어떻게 할 생각이야?"

"오늘 밤 잘 곳이 없어. 그러니까 이제 단념했어. 그렇게 작정을 하니 도쿄에 한 번 돌아가 보고 싶어졌어. 학교에 가서 그 지역에 나를 소개해 준 교장의 얼굴을 보고 싶어졌어. 그리고 한 가지 이야기하고 싶어. 그래서 어떻게든 여비를 마련해야 해……"

"그게 그렇게 간단히 될 것 같아? 스틱 걸이 될까 해도 거리에서는 안 돼. 그게 일류 신사들이 점심식사를 하는 ……××이야. 그곳에 2, 3일 다녀 볼까? 잘 되면 도쿄까지 갈 여비는 물론 2, 3개월 생활은 충분히 가능할 거야."

"해 볼까? 가능할까?"

"괜찮아 넌 할 수 있어. 다만 복장을 좀 더 단정히 해야겠어."

"결심했어… 부딪쳐 보는 거야…"

       *   *   *

그리고 루리코는 소식을 끊었다. 그런데 오늘 뜻밖에도 내 방에 한 통의 낯선 편지가 배달되었다. K코라고 적혀 있었다. 루리코한 테서…인가 라고 재빨리 뜯어보았다.

M씨께.

성공했습니다. 일주일째… 그 사람 저를 동정해 줘서 저는 교환조건을 내세웠습니다.

도쿄에서의 생활을 3개월 동안 보증할 것. 그 사람 물론 승낙해 주었습니다.

××일.

저는 그 사람에게서 당장 생활에 필요한 돈 2백원을 받았습니다. 그날 밤 그 사람과 이야기해서 저는 K를 출발했습니다.

출발하기 전에 한 번 뵙고 싶었지만 역시 제 마음이 작아져서… 오사카, 교토를 들려 그저께 그 사람과 도쿄에 도착했습니다. 이제 모교에 갈 거예요. 그리고 교장에게 감사의 인사를 할 거예요. 3개월 지나면 당신을 만날 수 있다고 생각합니다…

그 사람이 누구인지, 그것만은 묻지 말아 주세요.

그럼 안녕히…

도쿄에서 루리코.

추신

제게 대해 누가 묻는다면 모른다고 해 주세요.

* 『朝鮮及滿州』, 1934.9

재조일본인 여급소설

초판 1쇄 발행 2015년 6월 26일

엮고 옮긴이 김효순 강원주

펴낸이 이대현
편집 권분옥 이소희 오정대 이태곤 문선희 박지인
디자인 이홍주 안혜진 | 마케팅 박태훈 안현진
펴낸곳 도서출판 역락 | 등록 303-2002-000014호(등록일 1999년 4월 19일)
주소 서울시 서초구 동광로46길 6-6(반포4동 577-25) 문창빌딩 2층(우137-807)
전화 02-3409-2058(영업부), 2060(편집부) | 팩시밀리 02-3409-2059
이메일 youkrack@hanmail.net
역락블로그 http://blog.naver.com/youkrack3888

ISBN 979-11-5686-199-7 03830
정 가 14,000원

* 이 도서의 국립중앙도서관 출판예정도서목록(CIP)은 서지정보유통지원시스템 홈페이지(http://seoji.nl.go.kr)와
  국가자료공동목록시스템(http://www.nl.go.kr/kolisnet)에서 이용하실 수 있습니다. (CIP제어번호: CIP2015016944)